La venganza del alfa

Renee Rose

Lee Savino

Traducido por
Vanesa Venditti

Midnight
ROMANCE

 Creado con Vellum

Libro Gratis - La virgin y el vampiro

Quiere un libro gratis de Renee Rose y Lee Savino? Suscríbete a su newsletter para recibir **La virgin y el vampiro** y otro contenido especialmente bonificado y noticias de nuevos. https://BookHip.com/XJPQQXK

Libro Gratis de Renee Rose

Quiere un libro gratis de Renee Rose? Suscríbete a mi newsletter para recibir **Padre de la mafia** y otro contenido especialmente bonificado y noticias de nuevos. https://BookHip.com/NCVKLK

Capítulo Uno

R*afe*

La luz de la luna se refleja en la superficie oscura del Lago Como. Las casas de campo y sus tierras privadas están tan calladas mientras me escabullo por los ciprés y los setos bien cortados hacia mi destino.

—Alfa Uno, ¿estás en posición? —La voz de Channing es un susurro en mi auricular.

—No aún —le murmuro al diminuto micrófono transmisor incrustado en mi collar. No llevo puesto nada más que un enterito negro elastizado que me permitirá convertirme en lobo de ser necesario. Si todo sale de acuerdo con el plan, no será necesario

Mientras tanto, parezco un gato ladrón. Lo que resulta apropiado. Esta noche soy un ladrón y la meta es una casa de campo del siglo dieciocho construida en un lado de la montaña.

La mansión italiana de Gabriel Dieter tiene capas de seguridad. La primera es su ubicación en una parte recóndita del Lago Como. Sólo hay un camino de entrada y salida y tiene mucha seguridad. Pero los guardias son humanos, y

1

de alguna forma el Coronel Johnson, el comandante de turnos que le dio luz verde a esta operación, aprendió su rutina nocturna. Tengo dos minutos para darles la vuelta y bajar hacia el agua del lago. Ya evité a los guardias, así que es hora de nadar.

El lago acaricia las piedras, una suave canción de cuna que me da la bienvenida. Me adentro en el agua y el frío me hace apretar los dientes. A mi lobo realmente no le gusta el agua. Los lobos son pesados y nadar no es sencillo. Nado con brazadas suaves y me mantengo en la parte baja hasta tener delante el hogar fortificado de Dieter. Cuando estoy de nuevo en tierra, me sacudo bien y me saco el agua de encima como un lobo. Todavía no he encontrado una forma más eficaz de secarme.

—Acercándome a la casa, —susurro en mi intercomunicador. Corro rápidamente y me doblo cuando llego a la parte superior de la pared. Caigo de pie sin hacer ruido.

—¿Necesitamos la distracción? —pregunta Channing.

—No.

Un alboroto al borde de la propiedad de Dieter atraería guardias, pero levantaría sospechas. Mientras más lejos pueda llegar sin alertar a Dieter de una falla de seguridad, mejor.

—Ingresantes, —murmura Channing en mis oídos, pero ya me estoy volteando. Mi lobo olió a esas nuevas llegadas: perros de guardia fornidos que corren hacia mí. Rottweilers. Gruño y muestro los dientes, dejando que mi lobo les dé la bienvenida. Los perros se detienen y se dan cuenta de que se han encontrado con un depredador más grande. Algo acerca de mi presencia alfa logra que sus sentidos ancestrales sobrepasen su entrenamiento. Los desafía y los calma al mismo tiempo. Inclinan la cabeza para mostrar el cuello y se alejan con miedo cuando camino firme hacia adelante.

Galopo por el jardín oscuro hacia la casa. No hay detectores de movimiento en este sector; probablemente no quieren que los perros los activen. *Error*. Rodeo la casa hasta estar debajo de la extensión vidriada y brillante de la casa de campo, un toque moderno a una arquitectura de siglos. La oficina de Gabriel Dieter.

Encuentro donde apoyar los talones en la pared de madera y trepo la pared vertical de la casa hasta llegar al techo. Aquí puedo acercarme mucho más a la cúpula de vidrio.

—Casi adentro, —informo. Tengo un corta vidrios en el cinturón, pero mientras me arrastro por el techo de baldosas, veo una ventana abierta en una de las torres del siglo dieciocho. Escalo la torre, trepando a ciegas con los dedos y buscando con dolor dónde sostenerme. Una brisa se desprende del lago y enfría mi piel expuesta. Por fin abrazo la piedra, después de haber trepado hasta la altura de la ventana abierta. Empujo el vidrio antiguo con mucho cuidado. Efectivamente no tiene traba.

Increíble.

Paso por la ventana abierta y entro a un pasillo.

—Entré.

La inquietud me recorre mientras voy tocando las paredes del pasillo hacia la oficina de Dieter. Es un paranoico hijo de puta. Según nuestros informes, duerme en una habitación segura todas las noches. Su casa preferida como base es un fuerte en los Alpes Suizos. Intentamos espiarlo allí, pero de algún modo se enteró y echó un pequeño ejército a perseguirnos. Desde entonces ha estado encubierto, escondiéndose en un agujero demasiado pequeño incluso para que las fuentes del Coronel Johnson lo encuentren. Hasta la semana pasada, cuando nos enteramos de que se estaba quedando aquí en su residencia del Lago Como. Este lugar no es tan seguro como su chalet en la montaña, pero le ha pertenecido a su familia por siglos. Debe haber acordado reunirse con alguien aquí, probablemente un jefe militar o líder terrorista o algún cliente similar que quiera comprar las armas ilegales de Dieter.

Dejo a un lado mi ansiedad de lobo. Lo único más grande que la paranoia de Dieter es su soberbia. Probablemente quería encontrarse con sus clientes aquí para impresionarlos. El pasillo está decorado con artefactos invaluables, los suficientes como para llenar un pequeño museo. Me escabullo junto a pinturas gigantes enmarcadas con baño de oro, estatuas griegas, un jarrón Ming. Este tipo guarda tesoros como un dragón. ¿Quién sabe qué otros objetos valiosos tiene bajo llave en las bóvedas debajo de esta casa?

Mi misión es simple. Entrar en la oficina de Dieter, tomar la evidencia de su próximo trato sobre armas, plantar un par de micrófonos. El mejor momento para hacerlo es cuando él esté en su casa, pensando que está seguro, que todo está bien.

Me detengo en el pasillo ante la puerta de la oficina, escucho si se acerca algún guardia. La seguridad de Dieter es excelente, pero no tanto como para frenar a un hombre lobo. Mi excelente audición, visión nocturna y sentido del olfato me dan ventaja.

—Estoy en la oficina, —murmuro en el intercomunicador. No hay señales de seguridad adicional. Ni lector de huellas ni de ojos, nada. Pongo la mano en el pestillo y se abre con suavidad—. Puerta abierta.

—Entendido. Las cámaras de seguridad están tranquilas. Procede con cautela, —dice una nueva voz. Lance, desde la seguridad de su nuevo hogar. No puede participar de misiones hasta nuevo aviso, pero insistió en ser refuerzo por radio.

La puerta chilla un poco al completar su arco, pero la casa se mantiene en silencio. En alguna parte, Gabriel Dieter duerme en su habitación segura. Si todo sale bien, no sabrá que algo falta hasta que despierte por la mañana.

El camino por delante está lleno de láseres rojos. Cientos de ellos, entrecruzando toda la habitación. Con razón la puerta no tenía seguro. Ningún ladrón humano podría pasar este laberinto.

Pero no soy humano.

Retrocedo por el pasillo y tomo carrera para saltar. En una maniobra que he estado practicando por semanas, salto de cabeza por encima de los láseres, lo suficientemente alto como para rozar el techo. Mi salto termina rodando y me deposita detrás de un escritorio gigante. Aterrizo cerca de la pared y me congelo, cada músculo se tensa. Silencio. Detrás de mí, el bosque de láseres rojos no fue detonado. A dos pies a mi derecha hay una caja fuerte pequeña en un estante dentro de la pared.

Lo logré.

—Estoy en la caja fuerte.

—Entendido, —murmura Lance.

Camino de costado hasta la caja y prendo la luz especial dentro del collar de mi traje. Cuando muevo la luz por encima del teclado de la caja fuerte, las huellas de Dieter aparecen como manchas azules y violetas. Le leo los números relevantes a Lance.

—¿No hay papeles sobre el escritorio?

—No.

Las luces de la oficina se encienden de pronto. Giro, parpadeando por el brillo repentino.

—Bienvenido, Rafe Lightfoot, a mi hogar.

Gabriel Dieter está sentado en una esquina, descansando en una silla que luce antigua y que probablemente sea tan vieja como la casa. El bastardo tiene puesto verdadera ropa de cama. Terciopelo rojo con pantalón de vestir negro de seda y pantuflas con perlas. No todos lucen bien con un estilo Hugh Hefner, pero Dieter lo intenta. Tiene un cabello negro y grueso y piel bronceada, y la arrogancia de una estrella de cine.

El bastardo lleva lentes de sol. Dentro de la casa. De noche.

Los láseres han desaparecido. Un salto y podría ponerle los dientes en el cuello. Pero sostiene un arma con un cilindro negro elongado.

—Si fuera tú no lo haría, —dice sin problemas y sin acento.

Mi intercomunicador se prende con un chasquido repentino.

—Hay luces prendidas en la oficina.

—Hola, Lance, —llama Dieter desde la otra punta de la habitación. No hay forma de que pudiera escuchar mi intercomunicador a menos que tuviera la escucha de un transformista, así que debe haber acertado con suerte. Me quedo quieto y sigiloso, sopesando mis opciones.

—Te llevó bastante llegar hasta aquí, —dice Gabriel arrastrando las palabras—. Prácticamente te tendí una alfombra roja. —Inclina la cabeza hacia el costado—. ¿Mataste a mis perros?

—No.

Hace un sonido con la boca.

—Cuesta tanto encontrar ayuda decente estos días.

—Los drogué, —miento—. Ya se les debería haber pasado. —No dejaré que Dieter mate a sus perros pensando que no sirven para nada. Separo las manos para distraerlo—. Entonces me atrapaste. ¿Ahora qué?

Si me dispara, dolerá, pero debería poder escapar. Un par de balas no matarán a un transformista.

—Ahora te enseñaré una lección. Sabía que irías por más después de tu pequeña operación espía en Suiza, pero este allanamiento de morada fue demasiado lejos.

—¿Pensaste que podrías venderles AK-47 a los jefes militares y no haríamos nada al respecto?

—Mmm, —hace como que piensa—. ¿Me pregunto que podría ofrecerte para que dejaras esta pequeña cruzada?

Contengo el gruñido que se eleva en mi pecho.

—Nada.

—Dinero, oro, joyas...

—No hay chance, —interrumpo.

—¿Los nombres de quienes mataron a tu familia?

Mis músculos se vuelven de piedra.

—¿Qué sabes acerca de eso? —Mi voz suena ronca.

—Te sorprendería lo mucho que sé acerca de ti, Rafe Lightfoot. Sé que tú y a tu hermano Lance quedaron huérfanos de adolescentes. Sé que quieres venganza.

Mi cabeza se tambalea por todo esto cuando agrega,

—Ah, y felicitaciones. Escuché que tu hermano ha embarazado a una humana. —Los labios de Dieter se estiran en una sonrisa lenta. Es lo más aterrador que he visto—. Quizás debería visitarlo.

Un rugido se dispara de mí antes de que pueda contenerlo.

—Déjalo en paz.

—Quizás pueda concederte eso, —dice Dieter con una sonrisa gigante—. Si me dejas en paz, entonces te devuelvo el favor.

—No respondo bien a las amenazas, —digo con una voz llena de furia.

—Suficiente. Te he tolerado por un tiempo. ¿Te gustaría despertarte a media noche con un invitado inesperado? —Se inclina hacia adelante—. ¿Qué tan segura es tu pequeña posada cerca de la Montaña Lobo?

Giro la cabeza y le hablo a mi intercomunicador,

—Busquen a Lance, ahora.

—Entendido —Dice Channing.

—Misión cancelada. Recójanme en treinta.

A la distancia escucho el sonido de un helicóptero. Ya casi llega mi transporte.

Estiro los labios y le muestro los dientes en mi propia sonrisa de lobo. Por la expresión de Dieter, mi sonrisa es tan inquietante como la suya.

—Bien, esto ha sido divertido, pero debo irme, —hago como que me acerco a la ventana a mi derecha.

Se escuchan disparos y me arrojo hacia la izquierda, arrancando la caja fuerte de la pared. Por encima de mi cabeza, estallan los vidrios. Levanto la caja para proteger mi cabeza de la lluvia de esquirlas. Dieter grita.

—¿Alguien pidió comida para llevar? —exclama Channing desde arriba y se ríe como un psicópata. El helicóptero ronda por encima del domo de vidrio roto. Salto y tomo la escalera que me espera, con la caja fuerte presionada contra mi pecho. Channing está justo encima de mí. Ambos subimos al helicóptero. Channing lo hace rápido, pero yo lucho con el peso difícil de manejar de la caja fuerte.

Se escuchan más disparos que atraviesan la noche. Por debajo, Dieter está parado en el desastre lleno de vidrio que es su oficina. Se le han caído los lentes y su rostro es una máscara de furia mientras me dispara con el arma.

Las balas me golpean, casi me hacen soltar la red de la

escalera. El fuego explota en mi cuerpo, seguido por una supernova de dolor. Suelto la caja fuerte.

—¡Mierda, no! —Grito.

—Sosténgase, Sargento, —me repite la voz de Lance en el oído.

—¡Le han dado! Vuela, vuela, vuela, —le grita Channing a Teddy, nuestro piloto. El helicóptero se aleja. El aire frío me golpea mientras volamos por encima del lago. Aprieto los dientes y me sostengo.

—Lo tengo, —me grita Channing y comienza a levantar la escalera. Se me nubla la visión y mi cabeza flota por encima de la agonía punzante en mi cuerpo. Los segundos se vuelven años. Finalmente, Channing toma mis brazos. Contengo un rugido y muevo las extremidades congeladas para ayudarlo a arrastrarme al helicóptero.

Mi cuerpo está extrañamente entumecido. Todo lo que puedo hacer es colapsar sobre el piso del helicóptero, sin aliento.

—El maldito sabía que veníamos, —informo mientras Channing me ayuda a acostarme y abre mi traje para mostrar las sangrientas heridas de bala que tengo en el pecho—. Me disparó.

—Qué astucia, Sherlock, —murmura Channing. Busca una bala y gruñe, sacando la mano—. Es de plata.

Un fuego blanco golpea contra mis costillas. Tengo los labios entumecidos. El veneno se mueve por mi cuerpo.

—Mierda, —aprieto los dientes.

—Mierda, —concuerda Channing, poniéndose guantes. El dolor me marea cuando comienza a hurgar en mi carne. Tenemos que sacar las balas; de lo contrario, mi sanación de transformista no comenzará y la plata me envenenará de a poco.

Después de mil años de un dolor insoportable, Channing termina.

—Cinco balas, —me informa. Las escucho golpearse entre sí cuando las pone en una bolsa de evidencia—.

A buen fin no hay mal principio, Sargento, —dice Lance por el intercomunicador. Su tono estoico me dice que está aliviado—. Vivirá para luchar un día más.

—De eso puedes estar seguro.

Dejo que mi cuerpo se relaje. Mi temperatura corporal se eleva cuando mi sanación de transformista comienza, pero luego de unos minutos puedo sentarme.

Channing me pasa una botella de agua y le agradezco.

—Balas de plata, —dice y niega con la cabeza—. Sabe lo que eso significa.

—Sí, —tomo media botella y me tiro el resto sobre el rostro y el pecho—. Gabriel Dieter conoce nuestro secreto.

De algún modo, de alguna manera, el traficante de armas se enteró de que somos transformistas. La pregunta es, ¿cómo?

Capítulo Dos

dele

Estoy parada en una acera en Taos con las manos en mi abrigo, mirando con pena el frente de mi tienda. Las letras brillantes y doradas del cartel dicen «*Chocolatier*» en una fuente curva y hermosa. Recuerdo el día en que se puso el cartel, lo orgullosa que me sentí. Las horas que pasé obsesionada por el logo de mi pequeña tienda, asegurándome de que estuviera perfecto.

Ahora la ventana principal de *Chocolatier* está oscurecida. No pude volver a entrar luego de que la policía terminara de buscar pistas de la muerte de mi socio comercial. El dueño le puso candado a la puerta y se quedó con todos mis equipos e inventario en el proceso. Resulta que Bing no había estado pagando el alquiler. Literalmente escribí los cheques para el dueño todos los meses, pero mi socio los rompía porque estaba vaciando la cuenta bancaria.

Los papeles de desalojo que están pegados en la puerta principal hacen que mi estómago se enloquezca. Los he leído una y otra vez y sigo sin poder creerlo. Me acerco todas las mañanas, como si fuera a trabajar, y cada vez que

11

doy la vuelta a la esquina pasando por el banco, la imagen de mi tienda, cerrada y vacía, me golpea otra vez.

Cuatro años de trabajo, tirados. Perdidos. Terminados. Y ahora no tengo más para mostrar que una cuenta bancaria vacía, una pila de cuentas que pagar, y una vidriera cubierta con cinta de escena del crimen.

Al menos no soy una de las sospechosas del asesinato.

—¡Adele!

En frente, alguien grita mi nombre. Sadie Diaz, una de mis mejores amigas, me saluda y se acerca. Esperaba no encontrarme con nadie conocido, pero Taos es demasiado pequeño para eso.

Además Sadie está en mi grupo. En las buenas y en las malas. Y hoy luce adorable en un abrigo rojo brillante y una bufanda blanca decorada con patitos amarillos. Su gorro azul de invierno luce como algo que un niño de prescolar podría haber tejido. ¿Los niños de prescolar tejen? No sé si los chicos de seis años deberían usar agujas de tejer, pero no soy experta.

—Ey, tú, —dice Sadie. Camina lento hacia mí y me da un abrazo, que acepto. Siempre huele a galletas dulces.

—Ey, amiga —respondo—. ¿Saliste de paseo?

—Voy al correo a buscar una estampillas, —gira y mira mi vidriera con solemnidad—. Adele, lo siento tanto.

—Está bien, —me pongo firme. Muestro mi expresión más valiente, pero Sadie no lo cree. La compasión suaviza su mirada.

—¿Alguna información de la policía? —pregunta.

—No —guardo las manos más adentro de los bolsillos del abrigo y comienzo a recorrer la calle hacia el correo. Sadie camina junto a mí—. ¿Qué harás ahora?

—Tomar algunos trabajos de catering, —digo casualmente—. Mantenerme ocupada. Cuando termine la investigación criminal, podré abrir otra vez. *Sólo necesito diez mil de alquiler atrasado. Pan comido.*

El viento de invierno comienza a soplar con más fuerza, y hace volar una copia vieja de *Las noticias de Taos* junto a mí por la acera. Estiro el pie y la atrapo con la bota. La historia de la portada es una noticia trágica acerca de Christopher «Bing» Ford, muerto de un disparo a los treinta y uno. Me sé el artículo de memoria; lo leí antes de que se imprimiera. El periodista me citó en el segundo párrafo: «Christopher Ford fue un hijo, hermano, socio y amigo. Se lo extrañará». Y otra vez en el párrafo cuatro. «Como uno de los dueños de *Chocolatier*, puedo confirmar que los trabajadores no teníamos idea de que nuestro depósito era parte de una red de contrabando. Estamos cooperando por completo con la policía».

Mémère, tenías razón. Mi abuela siempre me dijo que no confiara más en un hombre de lo que podía darle.

Levanto el periódico viejo y lo arrugo hasta formar una bola que meto en el tacho de basura.

Sadie me mira con el ceño fruncido.

—Estaré bien, —vuelvo a pasar mi brazo por el suyo.

—Por supuesto que lo estarás. Sólo que es una mierda.

—Sí.

—Y casi es diciembre. Sé que la temporada de regalos es importante para ti.

—Está bien, —le quito importancia con la mano—. Si todo sale bien podré reabrir pronto.

No le digo que las posibilidades de que todo salga bien sin casi nulas. No tengo dinero, ni acceso a mi tienda y cocina industrial, ni suministros. A la tienda le iba bien. Estaba endeudada, pero Bing lavó los fondos de cualquier ganancia en efectivo que tuviéramos.

No se lo he dicho a mis padres. Se han muerto de ganas

de tener razón acerca de que a este emprendimiento le iría mal.

Sonrío para no apretar los dientes, pero no engaño a Sadie.

Ella se acerca para mirarme de cerca.

—¿Estás segura?

—Si Dios quiere y el tiempo lo permite.

Ni el dicho viejo de *Mémère* logra animarme.

Caminamos en silencio por un tiempo. Cuando pasamos la panadería, saludo a la dueña, Brooke, que está barriendo el escalón. Apenas asiente antes de apurarse a entrar en su tienda, como si fuera basura tóxica y mi derrota comercial fuera contagiosa.

Cuando llegamos al correo, Sadie voltea para mirarme.

—Sabes que cualquier cosa que necesites, puedes pedírnosla. Lo que sea. —Ella traga saliva—. Sé que no lo pedirías, pero tengo algo de dinero ahorrado...

Ay Dios. Pongo una mano en alto para frenarla.

—No hay necesidad de eso.

—Adele...

—Hablo en serio, Sadie. Las cosas están mal, pero no tan mal.

Preferiría girar desnuda sobre vidrio roto que tomar dinero prestado de mis amigos.

—Quiero ayudar, —me dice. Sadie es un amor, pero es sorprendentemente terca—. Todos queremos. ¿Recuerdas cuando tenías poco personal y te hicieron un pedido de dos mil trufas de chocolate blanco con relleno de crema de fresas? ¿Y era la noche antes de San Valentín?

—Claro que lo recuerdo. Char, Tabitha y tú se quedaron toda la noche para ayudarme. Y no podía pagarles, así que hice *blinis* cada tercer domingo del mes por un año. Ahora puedo hacer *blinis* dormida.

—Lo superamos, —dice Sadie con firmeza—. Te has enfrentado a desafíos y siempre los has superado.

—Sí, —respondo. El viento de invierno se siente como si cortara mi abrigo. Sadie tiene razón; siempre he peleado para que mi negocio siguiera en pie. Pero estoy cansada de pelear. Se siente como empujar una roca colina arriba una y otra vez. Pero en vez de una roca, es un profiterol de concreto.

Se lo digo a Sadie, pero no se ríe.

—No tiene que ser así. Queremos ayudar. Si no es con dinero entonces con nuestro tiempo. Puedes pagarnos con productos horneados.

—De acuerdo, es un trato. Si necesito ayuda, te avisaré.

La abrazo fuerte. Nos despedimos y camino con pena por donde vine. Me detengo frente a mi tienda y observo la imagen, luego cierro los ojos y me la imagino como quiero recordarla: con las luces prendidas y sin cinta policial y con un flujo constante de clientes pasando por la puerta. En mi cabeza escucho el consejo de Mémère.

Crea en tu mente una imagen de lo que quieres y retenla, incluso cuando todo sea difícil. Hará que lo que desees exista si mantienes la fe.

—Bien, Mémère, —digo en voz alta—. Mantendré la fe. Mientras tanto, necesito un plan.

Le doy la espalda a la tienda sin dejar de mirarla. Esta es la última vez que la visitaré hasta que esté lista para reabrir *Chocolatier*. Tengo que pagar el alquiler y no tengo dinero, así que es hora de tragarme mi orgullo y empezar a buscar un trabajo que me saque del apuro. Me niego a perder el negocio y a darles la razón a mis padres. Soy una cocinera entrenada y una emprendedora. Sería recurso para cualquier negocio si puedo convencerlos de que me contraten en el medio del invierno. Taos es una ciudad turística y hay pocos trabajos en esta época del año.

Pero sí conozco un restaurante que está contratando. Lo malo es que el dueño es mi némesis, Rafe Lightfoot. El tipo que intervino para protegerme cuando los enemigos de Bing me vinieron a buscar pensando que tenía sus drogas o dinero. Me dijo que ahora que el cartel mató a Bing estaba a salvo, pero insistió en instalar medidas de seguridad en mi casa y me ordenó que las usara.

Lo que fue un lindo gesto, supongo. Pero controlador. Pero así es Rafe: mandón, arrogante, sabelo todo. Era militar, sus mejores amigos lo llaman «Sargento». Piensa que puede mandar a todos. Ninguna mujer independiente que se respete a sí misma querría trabajar para un tipo así. Conducir hasta su restaurante y pedirle trabajo es lo último que quiero hacer. Pero es eso o pedirles ayuda a mis amigos.

Suspiro y entro a mi camioneta. Como diría Mémère, *A nadie le gusta comerse el pastel de la humildad.*

* * *

Rafe

Me pongo de pie en la gran terraza de madera del refugio de montaña de esquí reutilizado ahora como sede y hogar para mi manada. La luz directa del sol de mediados de invierno ha derretido la nieve en partes. Camino con cuidado de parte en parte evitando el hielo. Tengo los pies descalzos y el pecho desnudo. No llevo nada más que pantalones deportivos, pero no tengo frío.

Cuando tomo el riel, me apoyo sobre él y me relajo, disfrutando de la vista. Estamos en el medio del bosque, pero el dueño anterior construyó la terraza en un pequeño acantilado que da a la montaña y el valle cubiertos de nieve. Más arriba está el cielo azul claro libre de nubes.

A mi lobo le encantan los grupos frondosos de pinos. La vista lo calma. Estamos a salvo en estas montañas, ocultos en el bosque. Y para esta conversación, necesito toda la tranquilidad que pueda tener.

—Él sabía que vendríamos, —le digo a mi celular—. Dieter lo sabía. Estaba esperando con algún tipo especial de arma. Me disparó y las balas me quemaron. Las enviamos a analizar, pero estamos bastante seguros de que son de plata.

Hay un silencio del otro lado de la línea mientras el Coronel Johnson procesa esto. El viento sopla en mi oreja y volteo para tapar el teléfono.

—¿Cómo se siente, Sargento? —pregunta el Coronel.

—Estoy bien, —flexiono los músculos de la espalda, y siento rastros de molestia pero no dolor. El viento frío se siente bien en mi piel desnuda. Los transformistas podemos soportar el frío mejor que los humanos. Lo que los congela puede sentirse bien para nosotros—. Channing sacó las balas y sané rápido.

—Eso es bueno, —su tono ronco me dice que estuvo muy preocupado.

No me preocupan las balas, ni siquiera las de plata. Quiero saber cómo se enteró Dieter de mi familia.

¿Me pregunto que podría ofrecerte para que dejaras esta pequeña cruzada? Dinero, oro, joyas... ¿Los nombres de quienes mataron a tu familia?

¿Cómo supo acerca de mi familia? Una mejor pregunta: ¿Realmente podría ayudarme con mi venganza? He estado buscando respuestas toda la vida. ¿Tendrá Dieter las respuestas?

—Sabe todo, Coronel. Sabía que veníamos y sabe que

17

somos transformistas. Sabía quién era, incluso los asesinatos de mis padres. Tiene que haber alguien infiltrado.

Se escucha un crujido mientras Johnson se apoya sobre su silla de oficina. Puedo imaginarlo en su oficina poco iluminada en las profundidades del Pentágono. Es uno de los militares de más alto rango y también es un transformista en secreto.

—Esto temía, —gruñe—. Por esto te alenté a pedir el retiro anticipado. Demasiada gente en la cadena de mando, demasiadas posibilidades de que alguien traspapelara tu archivo. Demasiados ojos en las operaciones.

Sonrío.

—Pensé que era para nos enviara en operaciones encubiertas que los militares desconocieran.

—Basta, niño, —gruñe—. Aquí no. Demasiados oídos. Déjame averiguar lo que pueda sobre Dieter. Mis fuentes me dicen que su fortuna crece, lo que significa que su último trato de armas fue provechoso. Estamos vigilando el tipo de crypto que prefiere para transacciones grandes.

Le hago una mueca al teléfono. Suena como si Johnson quisiera sacarnos de la misión.

—¿Qué hay de la vigilancia?

—Claro que no. No más operaciones. No hasta que tengamos más información.

Un gruñido fuerte sale de mi pecho. Mi lobo no soporta la idea de quedarse sentado mientras el rastro se enfría. Sobre todo después de lo que dijo Dieter sobre mi familia.

—Señor...

—Es una orden, —me interrumpe Johnson.

No le recuerdo que ya no tengo que seguir sus órdenes. Él es el cliente, no mi comandante.

Como si adivinara mis pensamientos, agrega,

—No te metas con él. Hablo en serio, Sargento.

Le muestro los dientes al cielo azul. Enojar el Coronel Johnson haciéndolo de todos modos probablemente sería inútil. Dieter tiene los fondos suficientes como para financiar su propia milicia. La única vez que pudimos acercarnos fue porque nos dejó hacerlo. Que idea irritante.

—Sé que quieres derrotarlo. Nadie quiere eso más que yo, —agrega Johnson con calma.

Exhalo la respiración y se vuelve humo en el aire helado.

—Sí, señor.

Por mucho que odie la idea, mantener un perfil bajo es lo mejor para que mi manada esté a salvo. No los haré arriesgarse en una misión suicida.

Lo mejor es mantenerlos a todos cerca en Taos. Mi lobo ya se está volviendo loco tratando de cuidar a mis compañeros transformistas lobos, además de sus frágiles parejas humanas. No sólo me siento responsable de la seguridad de Charlie y Sadie, sino también de las mujeres en su círculo cercano de amigos. Como su hermosa amiga Adele. No forma parte de la manada; no deberían importarme sus problemas, pero por alguna razón dejé todo para ayudarla con sus problemas recientes. Ahora que el cartel ha cedido, respiro con un poco más de calma. ¿Pero por qué me importó en primer lugar?

Expandir la manada me está volviendo loco.

Le digo al Coronel,

—Manténgame informado.

—Lo haré. Cuídate, hijo.

Cuelgo y me estiro. El movimiento tira de mis músculos y unas pequeñas punzadas irradian de los lugares donde se hundieron las balas en mí. Pronto las heridas habrán sanado del todo, dejando sólo el recuerdo amargo de conocer a Dieter. Pretendo nunca olvidar lo que me hizo ni la amenaza contra mi hermano y su cachorro no nacido. No es sólo una amenaza para mí sino para cada transformista.

Igual que los asesinos de mis padres.

No descansaré hasta que todos, Dieter y los que mataron a mi familia, estén muertos. Es la razón por la que vivo.

Me dirijo adentro y me detengo en la puerta abierta para dejar entrar el aire fresco. Hay otra razón por la que salí al balcón para hablar con el Coronel. Channing intentó cocinar otra vez, y la cocina apesta a brócoli quemado. El aroma a chamuscado fue lo suficientemente fuerte para hacer que mi lobo tenga arcadas.

El mal olor continúa. Para un humano, el aroma sería leve y tenue. Para un transformista, es como un golpe en la nariz.

Cuando entro, Lance sale de la sala de comunicaciones. Ahora vive con su pareja, Charlie, pero sigue trabajando para Seguridad Lobo Negro durante el día cuando no está en forma de lobo, siguiendo a su pareja en su ruta de correo.

Mi hermanito levanta el mentón y huele comida quemada.

—Dios, qué horror, —Lance presiona su antebrazo contra su rostro.

—No está tan mal, —refunfuña Channing.

Lance lo señala.

—Llamó Naciones Unidas. La próxima vez que cocines, te imputarán por crímenes de guerra.

Deke levanta una mano.

—Seré testigo en el juicio.

El lobo es normalmente estoico con cara de póker, pero el hecho de que esté haciendo bromas es señal de que su pareja Sadie lo ha cambiado.

—Ja, ja, muy gracioso, —Channing les hace la seña con

el dedo a los dos—. Si no quieren que esté en la cocina, ¿por qué no cocinan?

—Fui Policía de cocina la semana pasada, —dice Deke.

Channing cruza los brazos sobre el pecho.

—Sí y nos diste de comer tocino y huevos cinco días seguidos.

—Mmm, —Lance junta los labios—. Desayuno en la cena. Cenayuno.

—Mi lobo no puede soportar esta mierda, —dice Channing—. Necesito variedad. Tengo un paladar muy sensible.

—Tu lobo comió chatarra de basureros la última vez que salió a correr, —le responde Lance y Channing se le abalanza.

Deke sostiene a Channing antes de que avance demasiado y detengo a Lance con una orden vociferada,

—¡Suficiente! Acabo de hablar por teléfono con el Coronel.

La manera relajada y juguetona de los tres soldados se desvanece cuando voltean a verme.

—¿Qué dijo? —pregunta Lance, sin rastros de su sonrisa burlona de antes.

—Johnson sigue buscando al infiltrado, —respondo—. —Mientras tanto estamos castigados.

—¿Qué? —explota la manada—. ¿Qué hay de Dieter?

—Lo dejamos de lado hasta nuevo aviso. No habrá nada de trabajo solitario. Johnson lo dejó en claro.

Channing maldice y patea el tacho de basura de la cocina. No lo hace fuerte, pero es un lobo así que el contenedor de metal sale volando.

Deke lo agarra y se quema mirando la abolladura en el costado.

—Ay, Channing, —se lamenta Lance—. Es el tercero del mes.

—Perdón. Esto apesta.

Con su cabello despeinado y frunciendo el ceño, Channing parece un niño de tres años al que no le han dado una paleta. Pero entiendo el sentimiento.

—Realmente apesta, —respondo—. Nada me gustaría más que ir para adelante con la operación. Tirarle abajo la puerta a Dieter y detenerlo. Pero todavía no sabemos cómo o dónde consiguió esas balas de plata. Tenemos que esperar.

Se escuchan más gruñidos, pero sé que entienden el mensaje. Me aclaro la garganta.

—Otra cosa. Estamos confinados a partir de ahora. Nadie entra o sale del cuartel sin mi permiso.

Lance se inquieta ante esto. Su lobo está en modo protector porque él y su pareja esperan un niño.

—¿Cuál es la amenaza?

—Dieter sabía sobre ti, —le digo. Estaba reteniendo esta información porque tiene suficiente tratando de reconquistar a su pareja—. Y sobre nuestra familia, nuestro pasado. Me preguntó si quería venganza.

Lance se gira y patea el tacho de basura que Deke acaba de apoyar. El contenedor golpea las paredes del pasillo. El piso es un desastre, pero hace un ruido satisfactor.

—¿Necesitamos que nuestras parejas se muden aquí? —pregunta Deke. Todo su cuerpo está tenso. Parece que estuviera listo para salir corriendo y dirigirse a la casa adosada de Sadie cuanto antes.

—No todavía. Si recibo más información, serás el primero en saberlo. Por ahora, sólo notifíquenme si salen o entran. Tengan el celular con ustedes en todo momento. Y sin visitas. Por supuesto, sus parejas siguen siendo bienvenidas —miro rápido a Lance y Deke.

Todavía no me acostumbro a la idea de que la mitad de nuestra manada tenga pareja. Pasamos de un equipo ligero y cercano de soldado a... algo muy distinto. Más parecido a una manada. Más parecido a una familia, lo que hace que mi lobo enloquezca con la necesidad de proteger a los miembros más débiles y frágiles: dos humanas y un cachorro no nacido. Quiero decir, mierda, ¿y si hubiera sido Lance al que le dispararan una bala de plata y no lo hubiera logrado? Hubiera dejado al niño que ni ha conocido huérfano.

Impensable. Pero debo pensarlo y planear todo. Es mi trabajo, mi lugar. Es lo que me hace el Alfa.

—Ya no asesines más vegetales, —le digo a Channing—. Traeré algo de *The Grille*.

La mayor ventaja de ser dueño de un restaurante: comida para llevar gratis. Y ahora podemos comprar carne y cerveza a precio mayorista.

—¿Qué comemos mañana? —pregunta Deke. Ha ido a buscar el tacho de basura metálico, que ahora está abollado, inutilizable.

—Me las arreglaré.

Lo llamo para que me pase el tacho y cuando lo hace, lo atrapo y lo hago una bola. No es el uso más elegante de mi fuerza de transformista, pero es satisfactor. Hago como si el metal fuera la cabeza de Gabriel Dieter.

Cuando termino, el tacho de basura es una espiral de metal torcido, no sirve para nada más que quizás usarlo como un pisapapeles lindo y pesado.

—Podría hacer tocino y huevos, —piensa Channing.

Le tiro la bola aplastada a la cabeza. La atrapa con facilidad y lo apunto con un dedo serio.

—Ya basta de cocinar, soldado. Sólo tostadas. Es una orden.

Capítulo Tres

dele

Estaciono en *The Grille* y giro el espejo retrovisor para ponerme algo de brillo en los labios. Puede que Rafe Lightfoot me enerve con su confianza y maneras de comportarse como sargento, pero lo he visto mirarme de arriba a abajo en las noches en las que mi grupo de amigas sale con su equipo. Y he mirado su trasero duro muchas veces. Hay algunas chispas entre nosotros en las pocas veces en que se encuentran nuestras miradas. No nos soportamos, pero tenemos química. Y supongo que si me hundiré lo suficiente como para pedirle trabajo, bien podría usar el único arma que me queda.

Salgo de mi vieja camioneta y me acomodo la bufanda para tapar el viento frío que sopla de la Montaña Taos. Dentro de *The Grille,* una rubia de veintipico con una apariencia hippie-granola-Taos grita, «Bienvenidos, ya estoy con ustedes» mientras se mueve rápido hacia la cocina. La gente que viene a cenar está empezando a llegar; la mitad de las mesas están llenas en busca de la hamburguesa casual y porción de papas fritas que ofrece *The Grille.*

Agh. Este no es mi lugar; no que lo juzgue. Me encanta una buena hamburguesa. Pero Rafe no necesita una cocinera; necesita un ayudante de cocina. No sé ni por qué insinuó que trabajara aquí.

A menos que sólo quiera la oportunidad de darme órdenes. El gran idiota mandón.

Esto no funcionará. Giro sobre mis botas de taco alto hacia la salida y me choco justo con un gran pecho.

—Adele. Rafe me toma por los codos para sostenerme cuando reboto de su forma inamovible.

Estoy más avergonzada de lo normal para un tropiezo, pero sólo es porque ya tengo los nervios de punta por pedirle un trabajo a Rafe, y ahora que he decidido que en realidad no lo quiero, siento que de alguna manera me atrapó.

—Rafe, —logro decir. *No estés nerviosa. Imagínalo desnudo.*

El problema es que lo imagino desnudo demasiado.

Sigue sosteniendo mis codos, parado demasiado cerca. Rafe no es tan apuesto como salido de Hollywood como su hermano Lance, que recientemente embarazó a mi amiga Charlie. Su cabello es más oscuro. Sus ojos son verdes. Lance es encantador de una forma de sonrisa relajada y descontracturada. Rafe es lo opuesto. Sin encanto. Definitivamente no es relajado. Hay una fortaleza y ferocidad en él que hacen que estar a su alrededor se sienta demasiado peligroso.

Peligroso, intenso, y... emocionante.

Es el tipo de hombre que querrías de tu lado, no del opuesto. La semana pasada, cuando mi socio apareció muerto, Charlie fue secuestrada y a mí me llevó la policía para interrogarme; aprendí exactamente qué tan poderoso es tener un tipo como él de tu lado.

Así que ya estoy en deuda con Rafe.

Algo que odio. *No confíes en un hombre.*

—Yo... em... me estaba por ir.

—¿En serio? —sus cejas bajan y me recorre con la mirada—. Parece que acabas de llegar. —Sus ojos se pegan en mis botas de taco alto—. ¿Caminas en la nieve con eso?

—¿Sí? —¿Por qué hice que sonara a pregunta? Algo de sus cejas negras malhumoradas me hace dudar. Me aclaro la garganta e intento otra vez—. Sí, por supuesto.

—Tienes que tener más cuidado. Esas botas no son buenas para la nieve.

Y ahí está, lo más molesto de Rafe. Les da órdenes a todos. El hecho de que siempre tenga puestos pantalones de fana y una camiseta Henley gris o verde militar no disminuye su vibra de sargento. Tampoco la forma en la que se para y mira con desdén a todos, como un general que inspecciona sus tropas y descubre que todos están en falta. Creo que es genial que haya tenido una carrera militar; cuando recién lo conocí, le agradecí su servicio, ¡pero no es mi jefe!

Estoy tentada a decírselo y a zapatear como si tuviera cuatro, pero eso no ayudará a que me tome en serio. Y no me dará un trabajo.

—¿Estás esperando a alguien? —Pregunta Rafe.

—No. Em, sí. Eh, —niego con la cabeza. Estoy en problemas, no sé si huir o rogarle. Ninguna idea me atrae.

Por supuesto que no me lo hace fácil. Me suelta los codos para poner las manos en sus caderas, como si estuviera en problemas y ahora tuviera que responderle.

Que se vaya a la mierda. No puedo trabajar para él.

—Nada. No importa. Me tengo que ir, —intento pasar por al lado, pero se mueve para bloquearme el camino.

—Espera un segundo. ¿Viniste para verme? ¿O pasó

algo? —Escanea el restaurante frunciendo el ceño, como si intentara identificar algún atacante misterioso que me hubiera tratado mal.

Mierda. Quizás sí debería pedirle trabajo. Quiero decir, está aquí, insistiendo que le dé alguna explicación.

—Rafe, yo...

Cuando digo su nombre, su mirada vuelve a encontrarse con la mía, se unen y se concentran. Cuando me paso los labios de forma nerviosa por el brillo, su mirada baja hacia mi boca. Una expresión de hambre se apodera de su rostro.

Dios, yo también tengo hambre. Y no de comida.

Cada vez que estoy cerca de este tipo, un tintineo de consciencia suena entre mis piernas. Su gran cuerpo, duro y sólido con músculos, su cabello oscuro y sus ojos... Lo miro y es demasiado sencillo imaginar cómo sería estar debajo suyo. Probablemente me daría órdenes, sería tan mandón y dominante en la cama como fuera de ella.

¿Y eso no sería delicioso?

No, no, no. No quiero a Rafe en lo absoluto, desnudo y encima de mí, diciéndome qué hacer. Eso sería terrible.

Dios, mi ropa interior está empapada. Es hora de que la conversación vuelva a su rumbo. Me toma un segundo recordar lo mucho que me molesta Rafe y levantar el mentón.

—¿Honestamente? —le digo—. Vine a ver si, em, seguías necesitando ayuda. Ya sabes, en la cocina. Yo, eh, no podré reabrir *Chocolatier* por ahora.

Rafe se queda quieto, sus cejas se juntan en un gesto de preocupación.

Es una reacción mayor a la que esperaba de él. No sé qué pensé que haría, desestimarme o decirme que llenara un formulario. Pero en vez de eso, toma mi mano y me lleva más adentro de *The Grille*.

—Ven aquí, —me dice bruscamente.

El que me tome la mano me hace latir con fuerza el corazón. Es extraño, ¿verdad? Los jefes no toman las manos de sus empleados. Mis pensamientos se entremezclan y complican.

Me lleva a una oficina en la parte de atrás, donde me suelta la mano y cierra la puerta.

—Quítate el abrigo. —Él se saca su cazadora de cuero.

Típico de Rafe, no es una invitación, es una orden.

Parte de mí quiere desafiarlo sólo para mostrarle que no es quien manda, pero... es quien manda. Y aquí estoy rogando. Pero aún más alarmante es el hecho de que quiero un mano a mano con él acerca de si debería o no quitarme el abrigo, ¿cómo carajos podría trabajar para el tipo?

Me quito el abrigo y lo dejo tomarlo y acomodarlo en el respaldo de la silla del escritorio, encima del suyo. Sigue de pie, y yo también.

—¿Entonces qué sucede? —Cruza los brazos sobre su gigantesco pecho.

Realmente no sé porque eso hace que mis pezones se pongan duros dentro de mi suéter. No es sensual. Es mandón y presumido y demasiado macho alfa.

Bien, sí, es bastante sensual. Si tuvieran un calendario de agentes especiales, que por supuesto no lo harían, él sería diciembre. No tiene más que una camiseta de manga corta, así que admiro su imagen gloriosa con todos los músculos de su pecho y brazos. Intento ver sus abdominales. No, no puedo verlos debajo de la camiseta. Qué mal.

—Escucha, no vine a discutir mis problemas de negocio contigo. Sólo necesito un trabajo, —le digo de demasiada mala manera para alguien que está pidiendo un favor.

—Bueno —asiente, estudiándome, pero no continúa.

—Bueno, ¿me darás el trabajo?

Vuelve a asentir, pero no es muy convincente, y no estoy segura de que me guste la forma calculadora en la que me mira.

—Tengo todo lo necesario en *The Grille,* pero necesitamos un chef particular en el refugio. —Apunta su pulgar en dirección a la montaña.

Chef particular. En el refugio. El gran hermoso refugio de montaña donde Rafe vive con su grupo militar. He ido a visitarlo un par de veces porque Sadie está saliendo con uno del grupo de Rafe, Deke. Y definitivamente no entré me pregunté por la habitación de Rafe ni si dormía desnudo.

Un trabajo en *The Grille* es una cosa. Veré a Rafe de vez en cuando, pero no será mi supervisor directo.

—¿Como un trabajo de catering de una vez? —Pregunto. Podría hacer algo así.

—No, algo regular.

Mala idea. Sería imposible evitar a Rafe.

Abro la boca para decirle que «no» cuando agrega,

—La paga es de dos mil quinientos a la semana y necesito que empieces de inmediato.

Cierro la boca y bajo el dedo que levanté. Maldición. Dos mil quinientos a la semana me sacaría rápido de la deuda. Podría darle un pago de buena fe al propietario después de la primera semana, eso debería convencerlo de devolverme las llaves o al menos de no vender mi inventario.

Ahora yo cruzo los brazos sobre mi pecho. Y no porque tenga los pezones duros.

—¿Entonces mi trabajo sería? ¿Cocinar para ti y tu grupo? ¿Cuántos son?

Rafe se frota la mano contra el rostro como si fuera un tema delicado.

—De tres a cinco, dependiendo de quién venga. Lance

se mudará con Charlie, pero igual vienen a comer de vez en cuando. Sadie también, por supuesto —agrega.

La idea de cocinarles a mis amigos me alegra. Soy Criolla. La cocina es una forma de amor de donde vengo.

—¿Las tres comidas? ¿Almuerzo y cena?

Rafe lo piensa. Sus ojos brillan como si le encantara la idea de tenerme bajo sus órdenes de esta forma.

Me hace querer pegarle en las canillas. Y gruñir y escupir como un gato. Justo antes de que me ponga contra ese gran escritorio de madera y...

Nop. No sucederá. Nunca jamás.

—Almuerzo y cena será suficiente, —dice—. Podrías venir y hacer la cena y dejarnos el almuerzo en la nevera.

—Entonces, una vez al día, comida cacera hecha allí, cocinar y servir. ¿Siete días a la semana?

—Cuatro. Nos gusta comer afuera o pedir algunas noches.

Cuatro. Puede que esto funcione. Si pudiera volver a abrir *Chocolatier*, podría seguir trabajando para Rafe hasta estar en una mejor posición. El compromiso de tiempo no estaría mal si planifico bien las comidas.

—Te devolvería el dinero de las compras, por supuesto, —continúa—. Puedes pedir muchas de las cosas al por mayor en *The Grille*.

Estiro la mano.

—Es un trato.

La sonrisa de Rafe es lenta y salvaje. Se toma su tiempo en estirar la suya y cuando me toma de la mano, la electricidad me recorre la columna de arriba a abajo.

—¿Qué tan pronto puedes comenzar? —Me suelta la mano y apoya el hombro contra la pared, de repente siendo casual—. Estoy aquí porque Channing quemó nuestra cena de hoy e hizo que toda la casa apeste. Resulta que el brócoli huele peor cuando está quemado.

Me río naturalmente, en parte porque me sorprende escuchar a Rafe diciendo algo casual, aunque no es que lo conozca bien.

—¿Qué tal mañana?

No tiene sentido esperar. Necesito el dinero. Realmente.

—Suena bien. Te enviaré la dirección por mensaje.

—Claro, pásame tu teléfono y anotaré el número.

—Ah, lo tengo.

Cuando frunzo el ceño, él agrega,

—Me aseguré de tenerlo cuando estuviste en problemas con Charlie.

Hago una mueca. Al mismo tiempo me enoja y me agrada que Rafe Lightfoot tenga mi número. Para ser honesta no creí que estuviera lo suficiente en sus pensamientos como para merecerlo. Pero quizás eso tenga que ver con su personalidad controladora.

—¿Hay algo que deba saber? ¿Alergias? ¿Comidas que les gusten y que no?

—Somos totalmente carnívoros. Nada de mierda vegetariana. Podemos comer brócoli, cuando no está quemado, pero necesitamos carne.

—Necesitan carne, —repito dudosamente. O sea, yo tampoco soy vegetariana, pero el planeta está siendo destruido por la producción de carne. ¿Realmente necesitamos carne en cada comida? Pero como sea, él es el jefe.

Ay, Dios.

Ahora Rafe Lightfoot es mi jefe.

¿En qué estaba pensando?

* * *

Rafe

Acompaño a Adele a salir de mi oficina y admiro su forma esbelta en el vestido ajustado. Se mueve con una gracia casi felina. En realidad es bastante parecida a un gato, esta humana, lo que probablemente sea la razón de que no nos llevemos bien.

Mi lobo quiere dominar y ella está lista para rasguñarme la nariz.

La verdad es que la idea de que la hermosa y explosiva Adele Fabre trabaje para mí me gusta demasiado. La energética gastronómica está muy lejos de ser mi tipo de mujer. No es que tenga un tipo. O tiempo para las mujeres. Y las civiles, es decir humanas, deberían estar fuera de límite según mis propias reglas.

Pero esa regla claramente no les importó a Deke o a mi hermano menor, quienes ambos acaban de ponerse en pareja con humanas, amigas de Adele.

Después de lo que ocurrió con su socio y su tienda el mes pasado, he estado preocupado por ella. La policía todavía no ha resuelto el asesinato de su socio, pero parece obvio que fue el cartel de drogas con el que Bing se había metido. Ahora que está muerto, Adele debería estar a salvo, pero sigue preocupándome. Me gustaría atar esos cabos sueltos por ella.

También vi que hay un cartel de desalojo pegado en la puerta y cadenas en las manijas. Apuesto a que eso la está matando, aunque no lo demostraría.

Es una mujer orgullosa. Muy orgullosa. Y por eso no le ofrecí un préstamo o ayuda. Básicamente creé el trabajo de cocinero particular en el momento, intentando adivinar cuánto dinero necesitaba y qué tan creíble podía hacer que fuera sin que se diera cuenta. De una cosa estoy seguro: si ella pensara que era caridad, me haría una seña con el dedo y se marcharía de inmediato.

Ella camina con prisa por *The Grille* en frente de mí. Lo primero que noté de Adele, además de su hermoso aroma y sus curvas debajo de la ropa prolija, fue que es una líder natural. Entre sus amigas, ella está al mando, las tranquiliza, actúa como mamá pato. Y lo hace con habilidad, no se dan cuenta. Pero yo sí. Porque es algo que también hago natural-mente para mi propia manada. Es necesidad del alfa: lide-rar, proteger. Dominar a todos los demás.

Por eso nunca es buena idea tener dos alfas en la misma habitación. Pelearemos para saber quién está a cargo y en la lucha de poder, alguien puede salir lastimado. Seguiré las órdenes de algunas personas, por ejemplo del Coronel John-son, pero nunca de un humano.

Adele es humana. No puede ganarme en una pelea, sin importar cuánto lo intente.

Como si sintiera mi presencia detrás de ella, gira y me mira con sus ojos color avellana.

—¿Me estás siguiendo?

—Olvidaste tu abrigo, —le digo con suavidad, soste-niendo la prenda para que se la ponga.

Ella estira la mano para tomarla y yo resoplo. Pasa un momento en el que nuestras miradas quedan atrapadas en una lucha de poder.

Una vez más, gano. Sus mejillas marrones se ruborizan, pero se gira y me deja ayudarla con su abrigo. Buenos moda-les, ese soy yo. Debo fingir ser un humano amable. La farsa de un comportamiento civilizado es lo único que detiene a mi lobo de tomarla y llevarla hacia mi oficina, donde la desnudaría y disfrutaría de su aroma.

Pero me tomo mi tiempo arreglando su collar y abro-chando los botones de su tapado por ella. Su aroma está en el punto cúlmine de su delicia, calentado por su enojo. Debe ser tortuoso recibir órdenes mías.

Es una tortura pararme frente a ella y no poder tocar su piel suave. Sus pestañas son largas y oscuras y se mueven encima de sus mejillas ruborizadas. Un riso marrón se escapa de su peinado recogido y sofisticado. Lo acomodo y ella se aleja.

Mi lobo se despierta, listo para la persecución. *Calma, chico.*

—Gracias, —me responde entre dientes. Mierda, es asombrosa cuando está enojada.

—De nada, —respondo, como si no hubiera acabado de forzar otra muestra de dominancia. Con una mano rondando su espalda, la guío por el restaurante. Uno de nuestros cantineros le clava la mirada a la forma silueta de Adele pasando y casi no logro contener saltar por encima de las mesas y el bar para acabar con él. Pero me conformo con la mala mirada del alfa. El cantinero me mira y traga saliva, moviendo la cabeza hacia abajo. Los humanos reconocen un depredador dominante, aunque sea inconscientemente.

Doy un par de pasos rápidos hasta alcanzar la puerta antes que Adele y sostenérsela.

—¿Qué hay de ti? No tienes abrigo, —dice cuando pasa por delante de mí.

—Me gusta el frío. Quizás el viento fresco le dé un mensaje a mi pene.

Camino más lento y pienso en béisbol pero no puedo dejar de mirar a Adele apurándose a bajar los escalones con sus botas marrones, como apurada por alejarse de mí. Su irritación ronda como una nube calurosa de su aroma a pimienta. Mi miembro ya está listo para salirse de mis pantalones.

¿Qué hice? Acabo de contratar a Adele como chef

privada. Eso significa que formará parte de mi vida, en mi hogar, justo en el centro de mi territorio. Sus manos, preparando mi comida. Su aroma infiltrándose en cada puto sitio, volviéndome loco. Y no hay nada que hacer porque no sólo es humana, ahora es mi empleada.

Ay, mierda.

Capítulo Cuatro

E l extraño
      Deambuló por su amplio fuerte, admirando sus
      tesoros interminables en vidriera. Una pintura de
Vermeer. Un jarrón invaluable de la Dinastía Ming. Una
copia original del poema de Keats «Ode to a Grecian Urn»,
anidado entre una cantidad de urnas griegas.

El castillo era mucho más espléndido que su casa anterior, pero notó que extrañaba su antigua vivienda, donde
guardaba sus tesoros en pilas precarias y dormía entre
montañas de oro pulido. Como Ali Baba en la Cueva de las
Maravillas, sólo que él no era un ladrón entre ladrones. Era
un rey y honrado como tal.

Siempre había sido solitario. Contento con sus formas
siempre que tuviera tesoros y un ejército a su entera disposición. Pero ahora notaba que algo más estaba faltando. No
más oro o joyas. Algo sin precio. Algo más raro.

Una cosa que había aprendido en su larga, larga vida: la
riqueza y el poder no son nada sin alguien con quien
compartirlos. Sin la persona que pueda darle sentido a tu
vida. Una mujer. Su mujer.

Ella estaba allí afuera, en algún lugar. Tenía un grupo de detectives buscándola. ¿Cómo llamaban a los cazadores en esta época actual? ¿Hackers? Todos buscaban a la mujer que había despertado a la bestia durmiente y hecho que su corazón latiera de nuevo.

Cuando la encontrara, comenzarían los ritos de cortejo. La conquistaría como lo hacía su gente: con muestras de riqueza, poder y majestuosidad imponente, dignas de alguien como él.

La encontraría.

Pero hasta entonces, debía hallar la forma de pasar el tiempo. Una distracción.

Un archivo lo esperaba en su escritorio, con el nombre Rafe Lightfoot. El antiguo Sargento de la Armada que había estado metiendo las narices en sus preciados negocios. En un mundo donde no tenía un igual, Lightfoot era lo más cercano a un desafío. Un enemigo con secretos parecidos a los suyos.

Sería divertido infiltrarse en el mundo de Lightfoot. Jugar con su manada. Acabar con su paz, sin razón alguna más que el hecho de que Lightfoot era un contrincante digno.

No era necesario, pero bastaría para una distracción breve. ¿Qué dicen los chicos en esta época? Sería... divertido.

Pasó las páginas del archivo hasta encontrar una foto de Lightfoot con su manada. Mientras leía el informe, marcó distraídamente el rostro del buen Sargento con una X. Felicitaciones, Lobo Alfa, tienes mi atención.

Que comience la cacería.

* * *

Rafe

.   .   .

Cinco horas ha trabajado Adele en la posada, y ya todo es peor de lo que imaginé.

Primero vino su aroma, luego entrar a mi oficina, paseándose alrededor de mi escritorio, ocupando mi lugar. Dulce y sutil, pero muerde. No hay ventanas en mi pequeño espacio de trabajo (mi oficina también sirve de habitación de seguridad) y su aroma no puede escapar a ningún lado. Sólo puedo sentirlo, respirarlo en cada respiración decadente.

Luego, el murmullo de su voz y su risa. El sonido es bajo y un poco ronco. Y con eso viene la última invasión: la imagen del rostro en forma de corazón de Adele, ocupando todos mis pensamientos. Es tan fácil imaginarla entrando a mi oficina e invadiendo mi espacio. Llevaría su ropa casual pero elegante: una falda o vestido, algo fácil de empujar hacia arriba y sacarlo del camino. Sus rizos suaves y oscuros junto a su rostro. Su piel morena y sus largas pestañas alrededor de esos ojos increíbles. Su rostro es perfecto, ¿cómo luce tan perfecta todo el tiempo? Trabaja tan duro.

Llegó con el almuerzo: un tipo de sanguche italiano llamado *muffuletta*. Un pan redondo y casero relleno de una docena de capas de carne. Realmente delicioso. Me quedé escondido en mi oficina, aparentando estar ocupado cuando en realidad sólo evitaba la cocina. Deke me trajo el almuerzo en un plato. Tenía una decoración con perejil y todo. La decoración olía como ella.

Me la comí toda. Primera puta vez que como perejil. *No me arrepiento.*

Ella sigue aquí, en la cocina, cocinando. Ha estado aquí por horas, trabajando, y mi lobo se está volviendo loco. Quiere salir corriendo de la oficina, dirigirme a la cocina y morderla.

No. Sucederá. Jamás.

¿Por qué estoy fantaseando con darle una mordida de pareja a una humana? Ya tenemos lo suficiente con las de Lance y Deke. Entre más crece la manada, más cuesta proteger a todos.

Por un momento, el papel en blanco sobre mi escritorio se pone borroso. *Una cabaña en el bosque, la puerta que se abre. Mis padres yacen destrozados y quietos en el piso, rodeados por un rocío violento de rojo.*

El sonido de tironeos bruscos me trae de regreso. El papel en blanco está roto en pedazos.

Tomo el teléfono y le envío un mensaje a Lance; contengo la respiración hasta que me responde. Él está bien, su pareja está bien. El bebé está bien.

Estoy enloqueciendo con todas estas vidas que proteger.

Limpio las tiras arruinadas de papel y vuelvo a mirar mis mensajes. El Coronel Johnson me ordenó no contactarlo hasta que él me llamara. Entre menos hablemos mejor. No quiero darles la oportunidad a nuestros enemigos de rastrear nuestras conversaciones.

Tenemos un par de puestos locales de seguridad, pero les liberé la agenda para esperar a tener noticias de cuándo podríamos avanzar con Dieter. Es invierno y el trabajo es escaso.

Entro a mi computadora, pago un par de cuentas. *Cabeza abajo, mantente concentrado.* Eso es lo que debo hacer.

El sonido de otra risa estrepitosa llega a mi puerta. Esta vez es Channing. Al primer aroma a comida, se quedó vigilando en la cocina. Hasta Deke encontró una razón para pasar el rato allí. Y han estado hablando toda la tarde, contando chistes, haciendo que Adele se sienta bienvenida. No debería molestarme, pero lo hace.

Será mejor que Channing no esté intentando seducir a

Adele. Puedo verlo ahora, sonriéndole a Adele como un idiota, acercándose a su pequeño cuerpo curvilíneo...

El bolígrafo que tengo en la mano se parte y derrama tinta por todos lados. *Mierda*. Limpio la tinta de la pantalla de la computadora con la manga. Una vez que está limpia, me quito la camiseta Henley manchada y la arrojo a una esquina.

Se escucha un crujido en el pasillo, y Deke asoma la cabeza.

—¿Todo bien, Sargento?

Le contesto con un gruñido. Asiente, como si estar sin camiseta y malhumorado detrás del escritorio no fuera nada nuevo. —Adele nos envió a lavarnos las manos. La cena está casi lista.

Muevo la cabeza para mostrar que lo escuché y lograr que se vaya. Cuando lo hace, me siento a pensar por un momento e intento mantenerme bajo control. Estoy semidesnudo. No me costaría nada correr hasta la cocina y robar a Adele de Channing. Ponerla sobre mi hombro.

No. Puede. Suceder.

Abro el cajón del escritorio de un tirón y tomo otra camiseta. Siempre tengo algunas demás a mano. Los transformistas usamos mucha ropa.

Debería saltearme la cena. Pero me hace ruido el estómago. Esta última hora, he estado oliendo el aroma especiado de algo delicioso que reposa a fuego lento en la cocina.

Todo debería estar bien. No quiero marcar a esta mujer. Pero algo en ella enloquece a mi lobo. Mi lobo quiere cazarla, reclamarla. Llevarla a la cama. O algo. Nunca ha actuado así antes.

Desde que la vi, he estado luchando por contener la necesidad de estar cerca de ella. No hay razón para estar fascinado, y sin embargo lo estoy. Tiene una presencia elegante, pero en realidad es pequeña. Su cabeza a penas me llega al mentón. Es humana. Frágil. Y sin embargo se me planta como un lobo alfa. Siempre me desafía. Me sostiene la mirada en desafío por más tiempo que cualquier otro humano en la vida.

Enloquece a mi lobo y me pone duro como una piedra, todo al mismo tiempo. Ya me masturbé pensando en ella anoche. Y ahora está justo donde la quiero, en mi hogar. Sería tan sencillo levantarla y levarla a mi habitación...

No. Me alejo del escritorio. Esto no me vencerá. Me comportaré a la perfección.

Quizás pueda ir a correr antes de tener que sentarme y mirarla sonreírle al resto de mi manada...

—¡La cena ya casi está lista! —grita Adele—. ¡Todos a la mesa!

Un minuto después, estoy sentado en la cabecera de la mesa con Deke y Channing a cada lado y Adele está en el otro extremo.

Es importante que las manadas coman juntas de forma habitual. Una manada es una familia y mis compañeros lobos son más cercanos que los hermanos. Hoy sólo somos tres, pero tres transformistas pueden comer lo suficiente como para alimentar a un pelotón. Si Adele no comprende eso ahora, lo hará para el final de la cena.

Ella está en la cocina, con su delantal por encima de su ropa sofisticada. Lleva tacones altos y un vestido a lunares, y mierda parece un ama de casa sensual de los 50.

—Sólo un minuto, —dice desde su lugar junto a la cocina. Tiene un cucharón con el que revuelve los contenidos de la olla de guiso más grande que he visto.

—Tómate todo el tiempo que necesites, —dice Channing—. No se puede apurar la perfección.

Chupamedias.

Channing nota que mi mirada fulminante y baja los ojos a su plato. En frente de él, Deke mantiene un silencio cuidadoso y mira su propio plato vacío. Me siento como el patriarca severo de la familia nuclear más jodida del mundo.

Adele no nota el silencio repentino.

—Les dije que no tenían que poner un lugar para mí, — mientras se inclina sobre la cocina, un rizo castaño oscuro cae sobre su rostro y ella lo acomoda detrás de su oreja. Prueba un poco del cucharón y lame sus mullidos labios.

Y ahora estoy duro como una mesa. Me acomodo en la silla, pero nada me hará sentir más a gusto.

—Tienes que comer, —mi voz suena hostil. Debo controlarme. Adele pensará que soy un idiota.

Por supuesto que ya lo piensa.

Ella actúa como si no hubiera hablado.

—Quería preguntarles, ¿dónde encontraron esa hermosa escultura? —señala la mesa de café donde Channing debe haber apoyado el tacho de basura abollado—. Parece un trabajo artístico con metal.

—Rafe la hizo, —Channing sonríe y aparecen sus hoyuelos.

—¿En serio? —Adele me mira con exagerada sorpresa. Mueve sus pestañas largas y agranda los ojos—. No hubiera adivinado que tenían tanto talento artístico.

—Sólo cuando se enoja en serio, —agrega Channing.

—Channing, —advierte Deke.

—Está bien, —gruño. No muchos lo saben. No muchos saben que tengo la fuerza de un transformista para abollar un tacho de basura metálico como si fuera una bolsa de papel.

—Qué fascinante, —dice Adele efusivamente con un entusiasmo fingido. Quizás sí se dio cuenta del silencio incómodo y ahora intenta llenarlo. Es su primer día de trabajo—.

Nunca antes vi una escultura así. Una técnica muy interesante. Me encantaría ver tu taller.

—Te mostraré lo que quieras, —Channing mueve la cabeza y sonríe, pataleando bajo la mesa como si tuviera cinco.

—Gracias, Channing —Adele le sonríe rápidamente.

—Sargento, —murmura Deke y me doy cuenta de que he estado apretando tanto el tenedor que lo he doblado. Lo enderezo rápido antes de que Adele venga a la mesa.

—Aquí vamos, —ella acomoda una bandeja de arroz y otra de pan de maíz casero—. Llenen sus platos con esto y les serviré los frijoles rojos, —ella se apresura hacia la cocina donde hay una olla gigante de guiso.

—Nunca antes vi una olla tan grande —Channing se pone de pie—. Déjame ayudarte.

Por más grande que sea la olla, sólo toma una fracción de la fuerza de un transformista moverla, pero Adele actúa como si él hubiera curado el cáncer.

—Muchísimas gracias, —le dice.

Channing se vuelve a sentar con una gran sonrisa en su fea cara. Quiero pegarle en su estúpido mentón partido. ¿Por qué las mujeres lo encuentran tan atractivo? Mierda, no lo sé.

—Coman, —ordeno. Quizás si Channing deje de hablar si empieza a comer como un desesperado.

Tomo un pedazo de pan de maíz y me lo sirvo, pero nadie más se mueve. Levanto la mirada. Ambos miembros de mi manada esperan con educación, miran a Adele como si ella fuera el Alfa a cargo.

—Ay, por favor —ella los desestima con la mano—. No hagan una ceremonia por mí. No todos podemos ser educados cuando tenemos hambre, —ella me dedica una sonrisa muy dulce. Dejo de apretar el tenedor antes de doblarlo otra vez.

Adele se mueve rápido alrededor de la mesa, sirviendo frijoles rojos que huelen bien condimentados sobre nuestro arroz. Me apoyo en la silla y giro la cabeza para que no me llegue su aroma cuando me sirve. Mi lobo quiere tomarla y ponerla sobre la mesa. Podría darme un festín por horas...

Antes de perder la cordura y tomarla, Adele se aleja.

Enojado, con el miembro latente, frunzo el ceño hacia mi plato.

—¿Qué es esto?

—Frijoles rojos —dice Adele de espaldas.

Me llevo algunos a la boca. Deliciosos. El aroma de las especias quedará aquí por días y me volverá loco, me recordará a ella.

—Pensé que te había dicho que nos prepararas carne, —le digo porque soy un idiota.

—Tiene carne, —responde Adele—. Mucha salchicha.

—Mmm, —dice Channing, como si tuviera cinco.

Adele se ilumina como si le hubieran hecho un cumplido.

—Sé que a ustedes les gusta la carne, pero pensé que les daría a probar algo más. Ampliar sus paladares un poquito. —Su sonrisa se vuelve traviesa—. Tengo muchas entradas veganas para probar si quieren...

—Claro que no. —Bajo el tenedor de golpe. Ella no es el alfa aquí. Yo lo soy—. Te dije carne. Carne roja. Como bife y papas, sin papas.

—Entendido, —dice en un tono frío como el viento de invierno—. ¿Supongo que no te gustaron los frijoles rojos?

Me encojo de hombros.

—No es carne. —No lo digo como un insulto, pero ella

lo toma así. Me muestra los dientes como un lobo antes de refunfuñar—.

Esta es la receta de mi *mémère*. —Sus ojos refusilan. Es tan hermosa que me quita el aliento.

—Sí, Sargento. ¿Cuál es el problema? —pregunta Channing con la boca llena de frijoles rojos—. Es la recete de su *mémère*.

Tengo la necesidad urgente de aplastarle el cráneo como lo hice con el tacho de basura de la cocina. Pero Adele se acerca y lo esconde de mi vista.

—¿Quieres carne? Está bien.

Antes de saber qué sucede, ella se inclina y me saca el plato. Da un par de pasos rápidos y lo arroja en el nuevo tacho de basura.

Todos en la mesa se quedan quietos.

Adele se dirige al refrigerador, abre la puerta de un tirón. Vuelve con un plato y lo apoya con fuerza en frente de mí.

—Hice estos sólo para ti.

Es una pila de perros calientes hervidos. Al menos sé que están cocidos. Están fríos del refrigerador.

—¿Kétchup? —Ella me muestra una botella gigante.

La miro a los ojos. No ganará esta ronda.

—Por favor.

Ella pone kétchup por encima de toda la montaña de perros calientes fríos. Luce horrendo, pero la ceja levantada de Adele es un desafío muy grande. No puedo ceder.

Pongo el tenedor en el perro caliente de arriba y empiezo a masticar como si fuera delicioso. La primera mordida se me pega al paladar. Tengo que beber agua para bajarla, pero finalmente lo hace. Un nudo duro y frío que sabe a orgullo aplastado.

Adele se para a mi lado, con el puño apoyado contra la cadera. Sus ojos verdes están helados.

—¿Bien?

Levanto el tenedor por segunda vez y la miro a los ojos.

—Mmm.

—Bien. Feliz de poder complacerlo, —ella me da la espalda y regresa a la cocina.

Un sonido de tos que suena como risa contenida viene desde donde está Deke, pero cuando lo miro mal, su rostro no muestra nada, está concentrado en su plato.

—Bueno, me encantaron estos frijoles rojos —Channing rompe el silencio incómodo—. Me comeré la porción del Sargento.

—Ah, hay bastante, —el tono de Adele otra vez es dulce y especiado.

Channing comienza a levantarse con el plato en la mano y Adele le hace señas de que se siente.

—No tienes que quedarte a servirnos, sabes, —dice Channing antes de que yo pueda hacerlo. Estoy muy ocupado intento tragar otro pedazo de perro caliente.

—Ah, esta es la parte divertida —ella le sirve más frijoles rojos en el plato—. Lo mejor de cocinar es ver a la gente disfrutarlo. De donde vengo, la comida es amor.

Y le sonríe. A Channing.

Y él le devuelve la sonrisa.

Lo único que me detiene de que mi lobo salte encima de la mesa y lo destroce son años de autocontrol.

Bajo el tenedor.

—A patrullar, —le digo a Channing de mala manera—. Ahora.

Channing mira los frijoles rojos en su plato con tristeza, pero mueve la silla hacia atrás y sale con zancadas largas sin decir otra palabra. Sabe lo cerca que estoy de perder el control.

Nunca no estoy cerca de perder el control. ¿Qué carajos me sucede?

Un suspiro exasperado me hace voltear. Adele está envolviendo el plato de Channing en papel de aluminio. Sus tacones chocan contra el piso con la fuerza suficiente como para echar chispas mientras va al refrigerador a guardar las sobras, dejándole la comida a Channing para cuando regrese.

—Srta. Fabre, ¿podríamos hablar un minuto en mi oficina?

—Por supuesto, —me responde de inmediato. Su voz es dulce como la sacarina y sé que está realmente enojada conmigo. Gira sobre sus tacones y se pasea en dirección a mi oficina. Sus caderas se mueven y todo mi cuerpo se tensa para evitar que mi lobo salte tras ella.

Ni bien desaparece Adele, me estiro relajado y hago sonar mi columna. Mi lobo piensa que estoy de cacería y que mi presa está bien acorralada en mi oficina privada.

Tengo que lograr contenerme.

Deke limpia el resto de sus frijoles rojos con el último pedazo de pan de maíz.

—Bueno, eso fue divertido.

—Ve a patrullar tú también, —le digo de mala manera.

—Sí, me imaginé. —Se levanta sin prisa y limpia su plato en el tacho antes de ponerlo en el lavavajillas—. Asegúrate de estar controlado antes de ir y hablar con ella.

—Siempre estoy controlado, —mi gruñido hace eco en la cocina.

—Claro. Aquí, —Deke toma el nuevo tacho de basura metálico y me lo pasa antes de pasar por la puerta—. Mientras esperas que tu lobo se calme, puedes hacer otra escultura.

* * *

Adele

La oficina de Rafe es un espacio compacto sin ventanas, sin ninguna vista que lo distraiga de una concentración total. Limpia. Sobria. Práctica. Como el mismo hombre. Su escritorio es gigante y está vacío excepto por una portátil y un lapicero sin bolígrafos. Lo único que está fuera de lugar es una prenda arrugada en la esquina. La muevo con la punta del zapato. Es una camiseta Henley desechada.

Cuando recién llegué, Channing me dio un pequeño paseo y me advirtió que «el Sargento ordenó que nadie lo molestara». Como todas las órdenes que me da Rafe, quise desobedecerla de inmediato. Estuve tentada de meter la cabeza y saludarlo. Hacer como que me reportaba a trabajar. Invadir su especio como él invadió mi mente.

Empleada y jefe. Jefe y empleada. Eso es todo lo que somos Rafe y yo.

Y estoy siendo una mala empleada. Sabía que estaba yendo muy lejos con los frijoles rojos y los comentarios veganos. Es como si casi quisiera hacerlo enojar. Provocarlo. ¿Cómo sería si perdiera el control?

No, no quiero que suceda eso. Es hora de dejar de jugar y cumplir mis deberes. A cualquier otro empleador ya lo hubiera encantado para este entonces. Pero con Rafe puse a prueba los límites, lo provoqué, y le serví perros calientes fríos.

Se atrapan más moscas con miel, diría mi *mémère*. Rafe no es una mosca; es un hombre grande, maleducado y hermoso, bronceado y con manos grandes y ásperas que quiero sentir en mi piel.

Excepto que no; no quiero eso. Quiero golpearlo.

—¿Quieres carne? —murmuro, paseándome en frente de su escritorio—. Te daré carne. Prepararé un *turducken* y te lo meteré por el trasero.

—¿Qué carajos es un *turducken?* —gruñe Rafe y yo pego un grito agudo, y volteo. Está parado detrás de mí; sus hombros musculosos ocupan toda la puerta. Para ser un hombre grande, se mueve sigilosamente.

—Es una especialidad criolla, —digo mientras intento que mi corazón deje de latir tan rápido—. Un ave deshuesada rellena dentro de un pato deshuesado. Y luego el pato rellena un pavo. —*Y luego te lo meteré por el trasero*, añado en silencio.

Rafe da pasos largos hacia su escritorio y me mira de forma que sé que oyó mi comentario no dicho.

—¿Así que yo soy el pavo?

—Si entra el pato, —le respondo con dulzura.

Voltea y acomoda su portátil en el escritorio, aunque ya está derecha. ¿Hay una curva en su mejilla? ¿Está sonriendo?

¿Le gusta cuando peleamos tanto como a mí? Estoy caliente y enojada; mis pezones son puntos endurecidos debajo de mi sostén de encaje y satén rosa.

Me doy cuenta de que estoy parada en frente a su escritorio con los brazos cruzados como un estudiante al que están retando. Muevo las manos a las caderas e intento volver a enfurecerme.

Mi enojo está allí, esperando.

—¿Qué carajos fue eso? —le digo de mala manera, dejando de fingir dulzura—. Sabía que sería maleducado, pero esto fue demasiado. Ni siquiera los dejó terminar la comida.

—Lo haces sonar como si fuera un pecado mortal.

—Lo es.

Rafe sigue haciendo como que organiza el escritorio. Si está esperando poder contar hasta diez y que ambos nos calmemos, estará decepcionado. Cuando levanta la mirada, sigo fulminándolo con la mía.

Su rostro hermoso no tiene ningún efecto en mí. En lo absoluto.

Sus ojos oscuros se estrechan. Camina sigiloso alrededor del escritorio, pero no retroceso, aunque mi cabeza debe inclinarse hacia atrás para poder seguir mirándolo mal.

Una vez que llega al lado de en frente, cruza los brazos sobre su pecho y se apoya en el escritorio. Hasta a medio sentar es lo suficientemente alto como para matarme con su mirada. —En nuestra empresa tenemos una política de no fraternizar. La forma en la que coqueteaban con Channing me dio la idea de que necesitaban un recordatorio.

¿Qué. Puta. Mierda?

—Disculpa, —levanto un dedo— no creo que Channing sea el del problema.

Por un segundo, su rostro se vuelve una máscara tan neutra que da miedo.

—¿Estás diciendo que tú eres la que coqueteaba...?

—No, —resoplo—. Él no. Yo tampoco. —Apunto el dedo en alto a su pecho—. Estoy diciendo que eres tú. Tú eres el problema y tenemos que resolverlo. Ahora mismo.

* * *

Rafe

Su dedo se sostiene en el aire entre nosotros. Apenas está a un metro de distancia. En el pequeño espacio de mi oficina, su aroma decadente me envuelve como sogas de terciopelo. Huele a vainilla y capas de caramelo, canela y un poco de cayena. No hay mucha luz en mi oficina (escogí un lugar seguro sin ventanas), pero el brillo fuerte de la lámpara de escritorio basta para iluminar su rostro perfecto. Su piel morena brilla, lustrosa como una perla. Sus ojos son una mezcla impresionante de marrón y verde en bordes oscuros.

—¿Me escuchó, Sr. Lightfoot?

Ella usa mi apellido porque yo usé el suyo. Estoy tratando de poner algo de distancia entre nosotros, pero no funciona. Entre más me alejo, más anhelo tenerla cerca. Tocar ese dulce cuerpo femenino y hacer que se quede sin aliento. Que se ahogue con mi nombre.

—Rafe, —murmuro—. Dime Rafe.

—Rafe, entonces, —dice en un tono más suave y mi cabeza se levanta de pronto como si me hubieran disparado en el pecho. Por primera vez sigue mis órdenes y mi nombre en sus labios casi me hace desmayar. —Como decía, tenemos algunos asuntos por resolver. Será mejor que lo hagamos si queremos que esto funcione.

Asuntos. Trabajo. ¿Es eso todo lo que es esto para ella?

No puedo hacerlo. No puedo ser su jefe. No puedo alejarme.

Con un paso, cierro el espacio entre nosotros.

Adele

El calor de Rafe me golpea un momento antes de que su brazo me atrape. Él me lleva bien cerca de su cuerpo duro. No sé si quiero abofetearlo o deshacerme en sus brazos como Scarlett en los de Rhett.

—Ves, este es exactamente el problema, —digo, aunque mi corazón va a un kilómetro por hora.

Sus mejillas se enrojecen.

—Deja de hablar, —murmura.

—¿Perdón?

Cómo se atreve a intentar silenciarme. Abro la boca, pero sus ojos brillan un verde extraño y me trago el insulto. A la distancia, Rafe es hermoso. De cerca, me deja muda del asombro. La luz verde brilla cuando acerca su cabeza. Hay una mini Aurora Boreal que baila en sus ojos.

—¿Qué es eso? —toco su mandíbula sin pensar—. ¿Qué sucede con tus ojos?

—Por el amor de Dios, deja de hablar.

Dedos brutos se deslizan por mis rizos, y Rafe tira de la parte de atrás de mi cabeza. El movimiento me despeja el rostro y la garganta.

En un momento, sus rasgos duros llenan mi visión. Cejas negras y enojadas, ojos salvajes. Luego, sus labios suaves están sobre los míos.

Nuestro primer beso es violento. Una discusión, una pelea. Moretones, sin tomar prisioneros. Es maravilloso.

Él avanza y yo retrocedo sin pensar, sólo me detengo cuando mi espalda choca contra una pared. Su pierna está entre las mías, me fuerza a sentarme sobre la parte dura de su muslo. Su cuerpo es una prisión dura a mi alrededor, enorme y masculino.

Apoyo las palmas contra sus hombros. Quería alejarlo, pero en vez de eso mis manos encuentran sus bíceps duros como el granito y lo traigo más cerca. Otro tirón de mi cabello y él rompe el beso.

Jadeo, cada célula de mi cuerpo está electrificada, el calor hormiguea por cada lugar que tocó.

—No, —me dice, los planos filosos de su rostro alejados del mío—. No podemos hacer esto.

—Vete a la mierda, —le respondo de mala manera—. Deja de pensar y bésame.

Un gruñido que murmulla en su pecho, pero obedece; sus labios perfectos beben, tiran, demandan más. Lo bebo, perdida y ebria con su sabor a whiskey.

Mis caderas se adelantan, se balancean hacia él. Buscan y encuentran el borde de hierro en su muslo grueso. Ahora estoy montada sobre su muslo con mi lindo vestido vintage de los 50 apretado entre nosotros. La falda sin arrugas y la crinolina se deslizan por mis muslos. Uno de mis tacones Mary Jane cae con un golpe. No me interesa.

Soy un desastre, totalmente desarreglada. Él destruyó todo mi autocontrol y compostura en cinco malditos segundos.

Y me encanta.

—Rafe, —murmuro. Me besa por el cuello; su barba incipiente me raspa e irrita mi piel suave. El ardor delicioso recorre desde mi garganta hasta mis pezones y se detona en mi centro.

—No. —Rafe aleja de pronto su cabeza y toma distancia. Sin él para sostenerme, me deslizo por la pared.

—Ay por Dios, —respiro. Sin su cuerpo caliente, me recorre un escalofrío. Acabo de besar a Rafe. En su oficina.

—Mierda, —explota y me da la espalda.

¡Sí! ¡Házmelo! Apenas puedo evitar rogarle. Mis labios están hinchados, moreteados de la forma más deliciosa. Los toco, quiero saborear el recuerdo de la boca de Rafe sobre la mía.

Acabo de besar a mi jefe. Dejo de acariciarlos y los froto.

Hay un momento de tensión mientras me arreglo la falda y encuentro el zapato que me falta. Me aseguro con manos temblorosas de tener todos los botones abotonados. Mi centro late, y estoy segura de que se me han derretido las bragas.

Rafe está de espaldas a mí, con las manos plantadas en el escritorio. Todo su cuerpo está rígido, sus hombros cerca de sus orejas.

Besarnos fue un error, pero ambos lo cometimos. Me niego a disculparme. Sacudo mis rizos desarreglados para apartarlos de mi rostro y me aclaro la garganta.

—Esta reunión pudo haber sido un correo electrónico.

—Sí.

—Bien —asiento aunque no puede verme—. Hasta mañana.

Y salgo volando lo más rápido que mis tacones lo permiten.

* * *

Rafe

Me quedo parado en la oficina por un largo tiempo después de que se va Adele, sintiendo su aroma. Mi lobo está confundido. ¿Por qué no se lo hice? ¿Marcarla?

Para el lobo, el mundo es simple. Si tienes hambre, cazas una presa y comes. Si encuentras una pareja, la reclamas.

No puedo, le digo. *No puedo tener pareja.*

Me suena el celular y lo respondo sin mirar quién es.

Es el Coronel Johnson, pero su voz ronca no logra sacarme de mi estupor.

—Hay movimiento con Dieter. Se ha ido de Italia.

Me siento detrás de mi escritorio y tomo un bolígrafo como si fuera a ayudarme a concentrarme. Todavía hay gotas de tinta de su predecesor explotado.

—Dieter, —sólo nombrar a mi némesis basta para que

vuelva al presente. ¿Qué sabe de mí? ¿De la muerte de mis padres?—. ¿Dónde está?

—Lo rastreamos hasta París pero allí lo perdimos. Estamos monitoreando la situación. No se sabe nada de tratos, así que probablemente se dirija a otro escondite.

—¿Alguna información nueva sobre cómo supo acerca de las balas de plata?

—No.

—Coronel, yo...

—Tus órdenes son de no hacer nada, —me grita Johnson. Su tono se suaviza—. Sé que quieres perseguirlo, hijo. Te estoy pidiendo que sigas órdenes hasta que sepamos más.

—Sí, señor.

Hay un ruido y una salpicadura de líquido sobre mi mano, pero no bajo la mirada. Rompí otro bolígrafo.

—Mantén cerca a tu manada, —me ordena y cuelga.

Mi manada. Claro. Son lo más importante en el mundo para mí. Deke y Channing están patrullando. Lance está en la ciudad, a salvo con su pareja. Necesito concentrarme en ellos.

Mis padres, fríos y quietos en el piso de la cabaña. La sangre acumulada bajo sus cabezas.

¡No! No volverá a suceder. Mantendré el control; haré que mi manada esté a salvo.

No tengo tiempo para Adele. Ella no encaja en mi vida, y así son las cosas. Así es cómo deben ser las cosas.

Capítulo Cinco

R*afe*
—La cena está servida.

Es el segundo turno de trabajo de Adele, y ha vuelto al refugio, nos señala a todos que nos sentemos a la mesa. Esta vez se une Sadie. La invité para que nos comportáramos mejor.

—Adele, esto luce genial, —la halaga Sadie. Y es verdad. Gigantes domos de plata cubren nuestros platos. Los levantamos al mismo tiempo. Me preparo, esperando perros calientes. Pero no, es bife. Aproximadamente cinco, apilados en mi plato. Cortes gigantes y gruesos de carne.

Mi lobo oficialmente está enamorado.

—Ay, sí, —murmura Deke. Junto a él, su pareja Sadie le sonríe.

—Carne. Como ordenaron, —anuncia Adele—. Todos cortes diferentes. Hay ojo de bife, solomillo y filete. Y filete miñón para las damas.

—Gracias por eso.

La voz de Sadie contiene la risa. Su plato tiene un corte

de carne mucho más pequeño y algo que luce como u espárrago asado de guarnición.

—Ah, me encanta el filete miñón, —dice Channing con la boca llena de carne.

—Quedan algunos pequeños. Puedes comerlos en el desayuno, —dice Adele. Esta apoyada sobre la isla de la cocina y nos mira comer.

Tomo la silla al lado mío con el pie y la saco hacia afuera.

—Siéntate, —le ordeno.

Ella levanta una fina ceja castaña. Arqueo la mía como respuesta. Una pequeña sonrisa aparece en su rostro y desaparece rápidamente. Sus mejillas están rosadas y mi miembro se despierta. Ambos estamos pensando en nuestro último, breve encuentro en la oficina.

Un par de segundos más (ella siempre duda antes de obedecer y me encanta), y se acerca en sus tacones altos. Ni bien se sienta, corto mi ojo de bife a la mitad y le sirvo algo de carne.

Los chicos me miran de reojo. Cuando un alfa le entrega algo de su carne, de su presa, a alguien, significa mucho. Significa que son especiales en su vida.

Y por supuesto que Adele es especial. Es mi chef. Mi empleada. Amiga de la pareja de mi hermano, que es mi manada.

Mi lobo refunfuña en mi pecho, en desacuerdo. Ambos sabemos que significa más que eso. Él cree que soy un idiota.

Yo también creo que soy un idiota. ¿Por qué carajos me estoy sometiendo a esta tortura?

Luego el brazo de Adele roza el mío y ella se acerca.

—Te hace ruido el estómago, Rafe, —murmura y mierda

si no me pongo duro con el mero sonido de mi nombre en su boca.

* * *

Adele

—¿Ya te indigestaste? —Lo provoco con gentileza. Me prometí a mí misma comportarme alrededor de Rafe desde ahora. Pero no puedo evitar molestarlo un poco—. Tu estómago suena como un oso enojado.

—Más bien como un lobo, —murmura Channing con la boca llena. No me di cuenta de que podía escuchar mi voz baja.

Rafe frunce el ceño en dirección a Channing y me inclino más cerca. No sé por qué Rafe se pone tan tenso cuando le presto atención a Channing, pero me prometí que hoy sería una tregua.

—¿Bien? —le pregunto a Rafe e ignoro a Channing—. ¿Ya te está afectando el veneno que puse en tu porción?

Rafe se ríe.

—Nah. Sólo necesito más carne en mí. —Corta una gran porción de ojo de bife, pero en vez de comerlo, lo apoya en mi plato.

—Tienes que comer, —gruñe. Una vez más me da órdenes.

—*Tú* tienes que comer, —le respondo de forma dulce—. No comiste mucho en la cena de ayer. Perderás masa muscular si no te terminas toda la carne. —Toco sus bíceps. Su bícep duro y escandalosamente hinchado. Si perdiera algo de masa muscular, seguiría siendo más musculoso que la mayoría de los modelos de ejercicio en una revista de *Men's Health*.

Me mira de costado y me doy cuenta de que todavía tengo la palma apoyada sobre su brazo.

—¿Terminaste?

Hago como que es a propósito y le doy un pequeño apretón. Mierda, sus músculos son enormes. Duros y moldeados por su trabajo como un tipo rudo que protege a la gente de los malos. Me permito un apretón más y luego bajo la mano.

Rafe me está mirando de una forma tan ardiente que me podría prender fuego.

Me aclaro la garganta y me concentro en mi plato que ahora está lleno.

—¿Cómo está la carne? ¿Demasiado a punto?

—No hay tal cosa, —responde Rafe.

—Bien. Guarden lugar para el postre, —añado.

—¿Hay postre? —Channing luce adorablemente emocionado. Me permito reírme de su expresión, aunque sé que molesta a Rafe. Me gusta molestar a Rafe. Es como un juego previo; aunque no es que vayamos a avanzar más.

—Sí, —respondo—. Un pastel red velvet con cobertura de queso crema. La decoré para que pareciera una vaca de Jersey, —frunzo la nariz mirando a Rafe—. Puedes fingir que estás comiendo ojo de bife todo el tiempo.

Él me sostiene la mirada mientras da el próximo bocado.

Se me calientan las mejillas y todos en la mesa nos miran. Channing y Deke se están llenando la boca de carne, pero Sadie tiene una expresión de satisfacción en el rostro. Hmmm.

Jefe y empleada. Empleada y jefe. Eso es todo lo que somos Rafe y yo.

—Estamos teniendo buen clima, —digo para llenar el silencio.

Deke estira a cabeza.

—Si te gusta la nieve, —dice.

—Supongo que pasaré la noche aquí, —murmura Sadie. Ella y Deke se miran de una manera que grita *¡Hagámoslo como conejitos!* tan fuerte que me sonrojo más y aparto la mirada para darles privacidad.

—Eso me recuerda, Adele, —la voz grave de Rafe se escucha en toda la mesa. Todos hacen silencio como si esperaran que diera una declaración importante. Quizás por eso Rafe actúa como si estuviera a cargo todo el tiempo. Todos lo tratan como si fuera el jefe—. No quiero que conduzcas a casa sola.

La parte inferior de mi mandíbula cae hasta el piso.

—¿Perdón?

Sigue comiendo como si lo que hubiera dicho fuera completamente razonable.

—El clima no es bueno. Necesitas llantas nuevas.

Ay no, no acaba de prestarle atención a mi vieja camioneta. ¿Esto es algún tipo de indirecta sobre lo pobre que soy ahora mismo?

—Mis llantas estarán bien por esta noche, —digo con calma.

Él niega con la cabeza.

—Te llevaré a casa y te buscaré cerca de la hora del almuerzo mañana. Tendremos tu camioneta aquí y le pondremos unas nuevas.

—No creo que eso esté en nuestro contrato, —respondo.

Él se encoge de hombros y se limpia la boca con una servilleta.

—Considéralo un agregado.

—Quizás deberíamos discutirlo en tu oficina, —añado. Los ojos de todos van ida y vuelta entre Rafe y yo como si jugáramos un partido de tenis. Que es lo que estamos haciendo. No de tenis, pero sí una pelea verbal. *A muerte.*

—No hay necesidad de discutirlo. Te llevaré a casa. Está decidido.

Me quedo mirando mi plato. Si miro a Rafe, saldrá vapor de mi cabeza.

Los ojos de Sadie están bien abiertos.

—Entonces, sobre el postre...

—Sí, el postre suena bien, —murmura Deke. Su plato ya casi está vacío. También el de Channing. Rafe no bromeaba cuando dijo que la manada comía mucho.

—Ya lo busco, —me levanto—. Sigan comiendo. —Prácticamente corro a la cocina. Necesito un descanso de Rafe.

Pero el gran bastardo me sigue.

—Lo digo en serio, princesa, —dice en voz baja.

—¿Princesa? —Levanto una ceja e ignoro la emoción que me da el apodo. No me halaga que Rafe me dé un apodo. Me niego.

Él toma mi codo cuando paso y gruñe en mi oído.

—No conducirás en eso.

Imágenes de *turduckens* pasan por mi cabeza. Rafe tiene suerte de que no tenga un cuchillo para deshuesar a mano.

—Se te enfría la comida, —respondo.

—Lo digo en serio, —murmura, todavía sosteniéndome.

—¿Tomas así a todas tus empleadas? —le pregunto.

Me suelta. Recojo el pastel de la isla de mármol y marcho de regreso hacia la mesa.

—El postre, —anuncio. Miro a Rafe y sostengo el cuchillo girante que clavo en el pastel.

Su rostro no muestra expresión alguna mientras corto el postre y lo sirvo. El interior del red velvet luce asombroso, justo como lo pensé.

—Sabes, el Sargento tiene razón, —dice Channing—. Creo que tenemos llantas que irán en tu camioneta;

pedimos las buenas para nuestros vehículos y es más barato comprarlas al por mayor. No sería problema colocarlas.

—Bueno, gracias entonces. —Me obligo a sonreír. El acto de caridad me sigue irritando, pero Channing entiende cómo hablarle a una persona. Rafe y yo necesitamos que nos dé unas clases.

Se atrapan más moscas con miel. Pero si le doy a probar mi miel a Rafe, la disfrutaría demasiado. *La lamería toda...*

Mierda, ahora estoy pensando en Rafe lamiendo cosas. Cosas que me pertenecen.

Todos tienen la cabeza baja y comen. Todos menos Rafe. Sigue mirándome como su mirada dura. Estamos jugando al tenis otra vez y el puntaje es amor-amor.

—No estás comiendo tu pastel, —le digo.

—Es porque luce cómo si alguien lo asesinó.

—Esa era la idea. —Y porque eso no es suficientemente homicida, paso un dedo por el cuchillo y lamo la cobertura —. Sabes, Channing, quizás tú puedas llevarme hasta casa. Estoy segura de que Rafe está muy ocupado.

Ocupado siendo un idiota.

—Sí, claro, —dice Channing con la boca llena de pastel.

Rafe tira su silla hacia atrás y arroja el tenedor.

—Channing, necesito verte afuera. Ahora.

¿Qué carajo? ¿Quién mierda se piensa Rafe que es, dándole órdenes a Rafe como si fuera un niño pequeño desobediente?

Pero Channing obedece. Rafe y él salen a las pisoteadas del comedor.

Para mi sorpresa, Deke los sigue.

—Gracias por la comida, —murmura mientras pasa a mi lado.

Sadie suspira y se levanta de su silla.

—Espera, ¿qué está sucediendo? —le pregunto. Hace

cinco segundos, la mesa estaba llena y ahora todos se están yendo. En serio siguen las órdenes de Rafe.

—Van a pelear, —dice Sadie como si no sonara para nada sorprendida.

—¿Qué hay del postre?

—Ah, regresarán, —dice Sadie de espaldas—. Tendrán hambre después de la pelea.

Otra vez la parte inferior de mi mandíbula se balancea con la brisa. Apoyo el cuchillo y me apuro en seguir a Sadie.

* * *

Rafe

Voy a matar a este hijo de perra. Channing sale por la puerta hacia la noche fría con los músculos haciéndose notar debajo de su camiseta. Su lobo está frenético por salir a la luz, defenderse.

—No hables con Adele, —mi gruñido es mitad humano, mitad lobo, cien por ciento salvaje—. No la mires. No la observes. No la huelas.

—Está loco, Sargento, —gruñe Channing, quitándose la camiseta Henley y arrojándola a los escalones de madera. No luce preocupado. Quiere pelear tanto como yo.

—Sin animales, —ordeno. No podemos arriesgarnos a mostrarle nuestros lobos a Adele. Si se entera de lo que soy, saldrá corriendo y nunca regresará.

Y no puedo permitirlo. Aunque no pueda tenerla.

—Sólo reclámala de una vez, —los ojos de Channing brillan con un tono azul salvaje. Su lobo está mirando por su rostro—. Quieres hacerlo. Sabes lo que es ella para ti.

No.

No puede ser.

Adele es una civil. No es nada más que una empleada. Una conocida. Apenas me tolera.

—Sabes que no puedo hacer eso.

No puedo reclamar a una humana. Aunque Deke lo hizo. Aunque mi hermano Lance lo hizo.

Una pareja, una familia, eso no es para mí.

—Si no la reclamas, te volverás loco de la cabeza, —advierte Channing. Está diciendo la verdad y lo odio.

—No sucederá. No la reclamaré.

Empezamos a girar en círculos; nuestras botas crujen contra el césped congelado.

Channing me mira con una sonrisa alocada. Luce casi tan loco como me siento y sé que dirá antes de que lo haga.

—Si tú no la reclamas, entonces quizás lo haga yo.

Gruño y lanzo mi primer puñetazo contra su rostro.

Adele

El jardín delantero de la posada tiene una capa blanca fresca. Sadie ya está allí afuera en el escalón, bloqueando con el cuerpo casi toda mi vista por los paneles de vidrio de la puerta delantera. Me pongo el abrigo y el gorro. Allí afuera parece estar helando y está cayendo más nieve. ¿Channing y Rafe en serio van a pelear? ¿Con este clima?

¿Qué carajos les sucede a estos tipos? Hablando de machos. ¿Será una sobredosis de testosterona? No debería darles carne. Debería darles... No sé... soja o ñames o algo, para el estrógeno. Necesitan calmarse de inmediato.

Me preparo para afrontar el air frío y salgo corriendo por la puerta. Mis botas resbalan un poco en el escalón congelado. Mierda, Rafe tenía razón acerca de las botas con tacones en la nieve. Pero por el amor de Dios, ¿qué tanto tengo que correr con botas?

Cierro la puerta detrás de mí, ya estoy temblando. Sadie está parada en los escalones de piedra; su cuerpo envuelto en su gran tapado y los hombros un poco encorvados. Un poco más lejos, Deke está parado con las manos en los bolsillos. Casi luce aburrido. Todos largamos nuestra respiración húmeda en el aire frío, ¡y Deke ni siquiera lleva un abrigo!

Los grandes copos de nieve caen lentamente hasta el piso, puntos blancos en la noche oscura. Me cubro los ojos para evitar los reflectores hostiles y mirar hacia el jardín oscuro. La posada está en un costado de la montaña, rodeada de un bosque repleto de hojas perenne. Rafe y Channing están allí afuera, dos formas oscuras que se pierden entre los pinos.

Mis ojos se ajustan y me quedo sin aliento. Rafe y Channing están semidesnudos. Sin abrigos de invierno ni gorros. Ni camiseta. Ambos se han arrancado las camisetas Henley y giran en círculo con las botas golpeando la nieve mullida. Sus torsos están flexionados mientras se mueven. Lucen como participantes de una competencia descabellada de artes marciales y físico culturismo. Por alguna razón, se me ocurre que la pelea puede ser por *mí*. Con movimientos rápidos y fluidos, se inclinan y mueven y luego de repente se arrojan encima del otro.

Un grito sale de mi boca antes que pueda detenerlo. Mi mano vuela hasta mi rostro como si pudiera frenar el sonido. Ahora los contrincantes luchan, y se escapan gruñidos irregulares y guturales.

—Esto es una locura, —susurro. Porque, en serio, ¿qué carajos sucede? ¿Por qué se están peleando estos tipos? ¿Me perdí algo? ¿Es la noche del WWE?

La cabeza encapuchada de Sadie voltea y ella me dedica una sonrisa empática.

—Es un poco intenso. Pero es así como gastan su energía. —Ella no suena para nada preocupada—. No te preocupes, nadie saldrá herido.

Deke nos mira rápidamente y se mueve por el camino; su cuerpo grande va en línea directa entre nosotras y los luchadores. Tengo la sensación de que si la pelea se acercara a nosotras, Deke evitaría que saliéramos lastimadas.

Pero no está haciendo nada por frenar la violenta golpiza que se están dando Rafe y Channing.

El brazo derecho de Rafe vuela hacia atrás y él arroja un golpe que Channing bloquea de alguna forma. En un movimiento borroso, Rafe lo golpea con el puño izquierdo. El ataque sorpresa surte efecto. La cabeza de Channing se mueve hacia atrás y él se balancea. Cualquier hombre normal caería al piso después de un golpe así, pero Channing se recupera de inmediato y luce casi alegre mientras escupe sangre. Aparecen sus hoyuelos y apura a Rafe, golpeándolo en el torso y haciendo que ambos caigan con fuerza en el piso. Ahora están revolcándose en el suelo. Sin camiseta. En la nieve.

—Deténganse, —grito mientras me apuro en bajar los escalones de piedra hacia el jardín—. ¿Qué están haciendo?

—Mantente alejada, —me ordena Deke mientras alza una mano grande, fría y agrietada.

—Adele, está bien, —dice Sadie rápidamente y viene a pararse a mi lado. ¿Es en serio? Ella es maestra de inicial. ¿No cree que hay mejores maneras de resolver el conflicto?

—No, no lo está, —murmuro. Sabía que estos tipos eran adictos a la adrenalina y a la testosterona, pero esto es demasiado.

Lo peor es que un calor está subiendo por mi pecho. Ver

a Rafe, mostrando sus músculos épicos, me está haciendo sentir algo. Dentro de mi blusa, mis senos se hinchan.

¿Quién hubiera dicho que mirar pelear a Rafe me excitaría tanto? Aprieto la mano derecha en un puño para no abanicarme el rostro.

Necesito frenar esta pelea.

En sus días, mi *mémère* tuvo que separar algunas peleas de hombres rudos y violentos que se hospedaban en su pensión. Intento con desesperación recordar ahora esas historias. Una vez, *Mémère* tenía una jarra de café caliente y se la tiró en el rostro a uno de los hombres. Los contenidos de la jarra no estaban demasiado calientes y, de acuerdo con Mémère, todos terminaron riéndose.

Quizás esa historia estuviera un poquitito embellecida con los años. Ahora mismo, en el momento de absoluta tensión, no veo cómo podría ser verdad.

No tengo café caliente. No tengo nada. Les tiraría una olla entera de sopa si los hiciera detenerse.

La espalda de Channing está sobre el césped nevado. Lo siguiente que veo es cómo el cuerpo de Rafe vuela hacia atrás en dirección a los árboles.

—¡Ja! —Grita Channing y con un chasquido de ambas piernas se levanta de golpe y se pone de pie.

Rafe lo apura. En un movimiento que es demasiado rápido para mis ojos, Rafe de alguna manera logra agarrar a Channing y darlo vuelta. Ahora Channing es el que vuela por el jardín.

Estoy retorciendo las manos.

—Esto es una locura, —digo de pronto. Entro rápido a la casa para ver si hay algo que pueda tomar para arrojarles. Lo primero en lo que se posan mis ojos es la escultura de metal abollada que hizo Rafe. Alguien la movió a la mesa de café. La tomo y me apuro en volver a salir.

La pelea se ha acercado más a la puerta. Deke tiene ambas manos en alto y cubre a Sadie con todo su cuerpo. Está tan concentrado en protegerla que puedo esquivarlo.

—Deténganse, —grito y le arrojo la escultura de metal a Rafe. No lo alcanza, hace ruido en el camino y rueda un poco. Rafe y Channing hacen una pausa en medio de golpearse sin piedad para quedarse mirándolo.

—¿Pueden parar de una vez? —Camino rápido hacia adelante, con cuidado de no acercarme demasiado.

—Adele, no, —grita Sadie. Antes de dar otro paso, Deke me toma de la cintura. Mis pies se mueven, pero camino en el aire.

—Bájame, —resoplo—.

Te prometo que no intentaré separar la pelea. Todavía sosteniéndome, Deke me sacude.

Channing y Rafe ya están moviéndose en círculo otra vez, y han olvidado la distracción.

¿No quieren que me involucre? Bien. No lo haré.

—Como sea, —murmuro y Deke retrocede, apoyándome detrás de él en el camino. Su gran mano toma mi brazo con fuerza, por encima de la manga de mi chaqueta de invierno —. Suéltame. —Empiezo a sacudirlo.

En el jardín, la cabeza de Rafe voltea de pronto hacia donde estamos. Su rostro hace una mueca. Sus ojos arden con una luz verde.

—Mierda, —murmura Deke. Me suelta y pone las manos en alto en el aire como si Rafe lo hubiera apuntado con un arma—. Todo está bien, Sargento. Ella está bien. Nadie la está tocando.

Rafe le muestra los dientes como si fuera un perro salvaje... y gruñe. El sonido me provoca un escalofrío.

—Sólo intentaba asegurarme de que estuviera a salvo, —

murmura Deke con voz grave y áspera, sus manos todavía estiradas, pero Rafe no parece oírlo.

—Mierda, —los ojos de Channing se agrandan y corre por el jardín—. Sargento...

Channing llega demasiado tarde. Antes de que Channing pueda tomarlo, Rafe se lanza sobre Deke.

Sadie y yo gritamos. Ella me toma y me mueve hacia atrás donde están los escalones. Agarradas de los abrigos de la otra, nos sostenemos y nos apuramos en regresar a la puerta.

Los gruñidos salvajes llenan el aire. Rafe está con todo su peso encima de Deke, quien se defiende y lo golpea. Channing se suma a la pelea e intenta sacarle a Rafe de encima a Deke. Con un rugido, Rafe se deshace de Channing y persigue a Deke.

—Eso es suficiente —anuncio al aire helado—. Me largo de aquí.

Es asombroso que mi voz no tiemble.

—Adele... —comienza a decir Sadie y se muerde el labio.

—No, no —levanto una mano—. Esto es ridículo. Tienen demasiada testosterona aquí.

Busco mi abrigo y mis llaves. En los últimos minutos, la nieve se ha calmado.

Mi pequeña camioneta está en la entrada y cuando me acerco, observo las llantas con ojos nuevos. No están lisas, pero están más cerca de eso que de ser nuevas. Necesito poner el mantenimiento de mi auto más alto en mi lista de cosas por hacer. Pero Rafe no me llevará a casa ni arreglará mis llantas. De ninguna manera.

La pelea se ha desplazado por el jardín, más cerca de la fila negra de árboles. Bien. Que se maten, no me importa.

Marcho por el camino hacia la entrada, murmurándome a mí misma, ¿me dijo que no conduzca mi camioneta?

¿Quiere que lo deje llevarme a casa? Qué mal. No debería haber actuado como un maníaco borracho y empezado una pelea.

No puedo trabajar en estas condiciones. A esta altura, me alegraría no volver a ver a Rafe otra vez.

* * *

Rafe

—Por el amor de Dios, Sargento, —Deke recibe un golpe en el estómago y gruñe. Es un maldito enorme, y está acostumbrado a recibir golpes. Él es el desquiciado; solía empezar peleas todo el tiempo. Me molestaba muchísimo.

Ahora yo soy el que quiere romper todo.

—No la toques, maldito, —pongo el acento en cada palabra con mis puños. Deke cubre la mitad de los golpes y se retira hacia el bosque. He notado que me ha alejado de la casa y de su pareja.

Sadie está en el escalón junto a la puerta principal, apretando los labios. Adele... se ha ido. Mi lobo está enloquecido y me intenta decir algo. La furia está cediendo.

Antes de que pueda preguntar dónde está Adónde, Channing choca contra mí. Sus brazos me rodean.

—No está tocándola, —grita Channing—. Está asegurándose de que esté a salvo.

—¡Lo sé, maldita sea! —gruño—. ¡Salgan de encima mío!

—Rápido, —le grita Channing a Deke—. ¡Siéntate encima!

Deke se abalanza. Pataleo y me libero de Channing para lograr pararme. Deke viene hacia mí. Amago hacia la izquierda, luego derecha, y lo golpeo en el estómago con la fuerza suficiente para romperle una costilla. Channing me toma por detrás y lo golpeo en el rostro moviendo la cabeza hacia atrás. Chorrea sangre.

—Mierda.

Ahora Channing tiene la espalda sobre la nieve y se sostiene la nariz.

—Carajo, —gruñe Deke, apretando los dientes y presionando una mano sobre un costado.

Con nadie alrededor, busco desesperadamente a Adele. Su aroma se siente más tenue en el aire nocturno. Pongo atención a lo que dice mi lobo, y lo escucho. El sonido del motor de su camioneta vieja por la entrada.

Se fue. Se marchó.

—Mierda, —grito. Está molesta y conduce esa chatarra por la nieve. Debo ir por ella.

—Lo tengo, Sargento. —Deke ya se sacó las botas y la camiseta. Se quita la ropa de faena y un lobo negro gigante sale de su cuerpo. Un segundo después, se está alejando con las patas enormes que le permiten cubrir más terreno nevado.

—Estoy justo detrás de ti, —grito mientras Deke desaparece en el bosque oscuro. Él la seguirá por el camino y me dará unos minutos para que yo vaya.

Me observo. No tengo huesos rotos. Una punzada en el codo, pero ya está sanando. Volteo hacia Channing que ya está acomodando su nariz rota. Ninguno de nosotros está agitado.

Mi lobo está impaciente por buscar a Adele, pero primero debo ver cómo está mi compañero de manada. Mierda, perdí el control por completo.

Lo pensaré luego.

Channing se sienta. Las cuencas de sus ojos están oscurecidas por dos ojos negros. Escupe más sangre y sonríe.

—¿Todo bien, Sargento? —pregunta como si no acabara de golpearle el rostro con ambos puños.

—Todo bien. —Le ofrezco la mano para incorporarse y lo abrazo como hombre, con palmaditas en la espalda. Así es cómo pelea y se arregla una manada. A menos que sea una pelea de alfas, una lucha por dominio, una pelea a muerte, nos ponemos de pie y lo olvidamos todo en un momento.

Sadie ya vino a juntar las botas y ropa de Deke. Le pasa a Channing su camiseta Henley amablemente. Esta mujer es una gema, perfecta para ser la pareja de un transformista. Aunque tiene el entrecejo fruncido.

—No vi tu camiseta, —dice.

—Estoy bien. Estamos todos bien, —la tranquilizo.

Ella asiente y mira el camino.

—Estos caminos están realmente congelados, —me susurra y asiento. Está preocupada por Adele.

Yo también lo estoy.

—Entra a la casa, —le digo a Sadie—. Todo estará bien. Deke y yo nos aseguraremos de que esté a salvo.

Miro a Channing y él asiente antes de que pueda decirle algo.

—Cuidaré el refugio. Vaya, Sargento. Vaya por su mujer.

Su mujer. No pierdo tiempo en corregirlo. Me giro y corro con la rapidez de un transformista por el bosque, siguiendo las huellas de lobo de Deke.

* * *

Adele

Mis dedos toman con fuerza el volante y mi cuerpo se tensa como si mi voluntad pudiera lograr que el vehículo circule seguro sobre el camino nevado. Debería haber esperado más a que mi camioneta se calentara. Mi respiración es neblina frente a mi rostro. Ha empezado a nevar de nuevo y mis viejas llantas no manejan bien el camino.

¿Quién carajo vive en un costado de la ventana con sólo un camino zigzagueante e infernal para llegar? Rafe Lightfoot es oficialmente el hombre más molesto del mundo.

Todavía no puedo superar el gesto feroz de su rostro. Parecía un desquiciado. Salvaje. Feroz. Como algo que casi no era humano.

Espero que el pobre Channing esté bien. Pudo dar un par de golpes, pero actuaba como si todo fuera un juego. Rafe no estaba actuando. Lucía como si quisiera asesinar a alguien y Channing fuera quien estaba disponible.

A Deke y Sadie no pareció importarles. Quizás todo salió bien. Quizás debería haberme quedado y escuchado la explicación. Quizás después de sacarse la tensión de encima, todos volverían a entrar y tomarían café y comerían el postre.

La razón real por la que me fui es: El cuerpo hermoso, semi desnudo de Rafe, con sus músculos flexionados. Perfecto. Exquisito. Las cosas que le haría a ese hombre si lo tuviera a solas.

Mis llantas resbalan un poco y sólo años de práctica evitan que presione el freno y me deslice hasta una zanja.

¡Deja de pensar en él! Intento concentrarme, no pensar en Rafe sólo después de la pelea, con su sudoroso cuerpo pulcro y duro, su mirada ardiente fija en mi cuerpo.

Concéntrate. Mi parabrisas se está empañando y las rejillas de ventilación no están ayudando. Me inclino hacia adelante y limpio el vidrio con la manda del abrigo. Lo limpia un poco, pero deja una mancha. *Maldición.*

Un par de kilómetros más y el camino estrecho me

llevará a uno más grande y respiraré un poco más tranquila. Quizás pueda bajar la montaña al fin y al cabo.

Algo me alumbra en la oscuridad. Dos luces verdes que brillan. Algún tipo de animal que sale del bosque. Una forma oscura, con orejas algo puntiagudas: un lobo. Se sienta y mira cómo mi camión avanza de a poco por el camino nevado; luce majestuoso y calmo. Sin miedo. No debería sacar los ojos del camino, pero lo hago, sólo por un segundo, para mirarlo bien.

Y entonces mis llantas tocan hielo negro.

* * *

Rafe

Escucho el accidente antes de verlo. Un crujido de metal y luego silencio. Bajo rápido por la montaña, un poco más lento que la velocidad a un transformista, para no tropezar y salir tambaleando. Sería más fácil hacer esto como lobo. Mi cuerpo estaría más cerca del piso.

Le camino es un moño blanco entre los árboles oscuros. Apresuro el paso. Deke está más adelante. Es una bestia gigante, negra con orejas blancas puntiagudas. Ahora estoy corriendo, sin molestarme en ser cuidadoso. Las ramas chocan contra mi rostro. Una se engancha en mi boca y siento la sangre.

Deke lobo voltea y trota subiendo la cuesta para encontrarse conmigo y siento alivio. No estaría tan tranquilo si Adele estuviera herida. Estaría allí abajo, habría cambiado a su forma humana para ayudarla.

—¿Está viva? —le pregunto. El lobo asiente.

—Ve. Busca a Channing y a Hummer. Tenemos buenas llantas para nieve en el Humvee.

Vuelta a inclinar su gran cabeza peluda y el lobo sale corriendo.

Continúo bajando, lo suficientemente lento como para no perder el equilibrio y dejando que la gravedad me lleve. La camioneta de Adele está a medio salir del camino, inclinada sobre una zanja. Las llantas del lado del conductor giran en el aire.

Huelo el aire mientras me deslizo hacia abajo los últimos metros de terraplén. No hay olor a sangre, pero podría tener heridas internas.

* * *

Adele

Saqué los ojos del camino por un segundo y ahora estoy en una zanja. Las llantas se deslizaron por debajo de mí.

El golpe y el crujido hacen eco en mis oídos. La cabina está girada, pero sigo en el asiento gracias al cinturón de seguridad.

Estoy viva. El mundo está en silencio y la nieve parece caer en cámara lenta.

El lobo se ha ido. Parece que los accidentes automovilísticos lo molestan porque ni bien levanté la mirada, estaba corriendo colina arriba y desapareció en el bosque.

Mi camioneta no está totalmente de lado, pero se salió del camino. Estoy atrapada en la zanja. No puedo conducir. Mi bolso se deslizó hacia la derecha en la otra punta. Parece que derramó sus contenidos en el piso. Tendría que mover mi peso en el asiento para desabrocharme el cinturón de seguridad, luego gatear por encima de los asientos para buscar el celular. Aunque no sé si servirá de algo. Nunca tengo señal aquí.

El frío ya está entrando en la cabina; mierda, nunca se fue. La nieve ya se acumula en el parabrisas.

¿Qué carajos voy a hacer?

Al menos hay silencio aquí. Paz. Tendré una vista hermosa mientras muero congelada.

—*Adele* —vocifera alguien que arranca la puerta de mi camioneta.

Es Rafe. Sigue sin camiseta, y luce como algo salido de mis fantasías. El cabello alocado, la mandíbula tensa, cada músculo marcado con el movimiento. Sus ojos verdes brillan. Por un momento sus ojos se parecen a los del lobo.

—Espera, —gruñe—. Te tengo.

Aplaco la alegría descabellada que siento por verlo.

—Estoy bien, —le digo. Mi voz es tan tranquila—. No hace falta que...

Se escucha que me arranca el cinturón de seguridad *con sus propias manos*. No sabía que se los podría arrancar así. El mío debe estar seco y podrido o algo así. *Realmente tengo que mejorar el mantenimiento de este auto.*

Y luego estoy en brazos de Rafe. Sus músculos se tensan y flexionan justo frente a mis ojos.

—Está bien, bebé, —murmura.

Bebé.

No lo hubiera imaginado como del tipo que tiene apodos cariñosos. Ciertamente no tenemos esa confianza, aunque la atracción sea mutua, pero escucharlo hace que algo en mí se vuelva suave y viscoso. Retrocediendo como si mi peso no fuera nada, sale de la zanja. Tan sólo así está parado en el camino, conmigo en sus brazos. No hace ningún movimiento para bajarme.

Cedo ante la necesidad y me acurruca cerca de él. Está tan cálido. Incluso sin abrigo. ¿Cómo soporta el frío sin abrigo?

Me deja acurrucarme. Debe entender que normalmente no haría esto, pero ahora mismo hay circunstancias atenuantes.

—¿Estás herida? —pregunta—. ¿Te golpeaste la cabeza?

—No.

Es verdad. No estoy herida en lo más mínimo. Fue un accidente tonto, pero tuve mucha suerte. Mi vehículo no tuvo tanta suerte. Mi pobre camioneta luce triste, atascada en la nieve.

—Espera, —dice Rafe. Ya está avanzando por el camino —. Te llevaré a casa.

—¿Qué hay de mi camioneta? —mis dientes castañean pero no sólo del frío. La transpiración me recorre la espalda. La adrenalina sube.

—Deke y Channing se ocuparán, —murmura.

—¿Cómo saben que tuve un accidente?

No es que me esté quejando. Me hubiera quedado temblando por horas, esperando a que alguien pasara de casualidad y me viera.

Hace una pausa.

—Tuve un presentimiento.

—¿Un presentimiento? ¿Y me seguiste conduciendo? —No, espera, no hay señales de su auto—. ¿Corriste? ¿Hasta aquí?

—Tenía que asegurarme de que estuvieras a salvo, —murmura, casi demasiado bajo para que lo escuche.

Me muerdo el labio para esconder la felicidad que me recorre. Todavía no ha dicho, *te lo dije*. Estoy agradecida por eso. Él camino, no, más bien trota por el camino de regreso de donde vinimos.

—Puedes decirlo, —le digo—. Puedes decir *te lo dije*.

—Es mi culpa que tuvieras el accidente.

¿Qué?

—No lo es. Yo soy la que se salió del camino.

—Es mi culpa que te fueras.

—Eso no... no.

No puede ser posible que piense eso, es ridículo. Me quedo mirando fijo su hermoso rostro. Sus ojos están fijos en el camino, sus entrecejo oscuro fruncido, el filo de su mandíbula es de hierro duro. Una pieza del rompecabezas de Rafe encaja en su lugar. Él es el Sargento, el líder de su grupo. Sí, les da órdenes a todos y es molesto, pero es porque toma el bienestar de todos como su responsabilidad. Es probable que esté dispuesto a todo para proteger a su equipo. Les mostrará el camino, pero también comerá último.

Sé con exactitud cómo es porque soy igual.

—Rafe, no soy tu responsabilidad.

No responde nada, pero puedo sentir que lucha por no discutir.

No puedo evitar sonreír. Estoy aturdida con este nuevo conocimiento acerca de Rafe.

—Puedo escuchar que estás en desacuerdo.

—Mi trabajo es mantenerte a salvo, —dice a su manera. Esa forma de *Sé lo que es mejor y eso es todo* que me parece tan molesta. Me está calentando desde adentro hacia afuera.

—Soy adulta y puedo tomar mis propias decisiones. Puedo irme sola. Y cuando tengo un accidente, puedo hacerme cargo.

—Bien —responde.

—Bien, —repito, haciéndome la impertinente—. Entonces es mi culpa.

—Claro, bebé. Es tu culpa.

—Mientras eso quede claro.

Se mueven las comisuras de su boca y la toco, las empujo en una sonrisa real a medias.

Estamos discutiendo, pero sonreímos. ¿Será que discutir es lo nuestro? Ay por Dios, ¿así coqueteamos?

Me mira de forma ardiente y bajo la mano antes de hacer algo ridículo. Como besarlo.

¿Sigue estando fría la noche? Estoy que hiervo.

Rafe se sale del camino y empieza a subir por el costado de la colina.

—¿Qué estás haciendo? —le pregunto mientras nos hunde en el bosque.

—Por aquí es mucho más rápido, —murmura.

—Tal vez eres algún tipo de hombre de montaña macho extremo.

Ups, dije eso en voz alta.

—¿Hombre de montaña macho extremo? —repite y sonríe. Una sonrisa real, no la sombra de una.

—Me escuchaste, —pongo los manos alrededor de su cuello y apoyo la cabeza en su hombro—. Gracias por venir por mí, —añado en voz baja.

Me pone más cerca. Su mandíbula toca la parte superior de mi cabeza mientras murmura,

—Siempre iré por ti.

Capítulo Seis

Adele

A De regreso en la posada, hay un cuadrado negro en la entrada donde suele estar estacionado el Humvee de Rafe.

—¿Deke y Channing se llevaron tu auto? —No pretendo no haber notado el vehículo impresionante que conduce Rafe.

—Tiene buenas llantas, —dice Rafe—. Se maneja bien en la nieve. —Sus labios se juntan como si estuviera intentando que no formen una sonrisa.

—Eso casi fue un *te lo dije*. Debes estar sintiéndote más como tú mismo.

Su mandíbula sigue apretada, pero no está respirando fuerte.

Dejo de apretarle los hombros con fuerza cuando sube por el camino. Fue divertido que me llevara, pero ya terminó.

—Supongo que no vimos a los chicos, trepando por el bosque así, —digo con dientes que castañean—. ¿Cómo supieron que tenían que conducir para buscar mi camioneta?

—Yo les dije que lo hicieran.

Lo miro con los ojos entrecerrados.

—Porque tuviste un presentimiento.

—Sí.

Hmmm. Algo no cierra, pero estoy demasiado distraída como para pensarlo bien. Quizás sí me golpeé la cabeza.

Sadie abre la puerta justo cuando Rafe se acerca.

—Ay por Dios, Adele, —dice asombrada—. ¿Estás bien?

—Estoy bien, —respondo, saludándola con la mano—. —Estoy bien. Me salí del camino, pero creo que estaré bien.

Sigue con el ceño fruncido, pero suspira aliviada. Rafe da pasos largos hacia la casa, pasando justo a su lado. No mira ni a la izquierda ni a la derecha.

—Rafe, bájame.

—No.

Empiezo a pelear.

—¿Qué pensará Sadie?

Todavía está parada junto a la puerta. Ahora parece que estuviera por reírse.

—Somos adultos, ¿lo recuerdas? Podemos tomar nuestras propias decisiones. —Sigue llevándome por la casa.

—No creo que esta sea una buena idea.

Yo. Rafe. Solos.

—Es una idea excelente.

—Sólo bájame. —Empiezo a patalear pero no consigo nada. Dios le dio músculos extra a Rafe y casi ninguno a mí —. Rafe...

—Deja de hablar, —murmura.

¡Qué molesto! Si fuera cualquier otro hombre, le pegaría una cachetada. Pero... quiero ver qué hace ahora. Cierro la boca y dejo que me suba por las escalera, por el pasillo hacia la habitación que está al final. Parece que veré la habitación de Rafe después de todo.

Es gigantesca. Hay un hogar en una pared. Una cama con dosel enorme con un cabezal de cuero que domina el espacio. Hay una silla de cuero al costado, en un ángulo que tiene vista a las montañas. La pared de atrás es casi todo ventana. No hay cortinas, sólo una asombrosa vista auténtica de la cordillera cubierta de pinos llenos de nieve. El afuera se siente lo suficientemente cercano para estirar la mano y tocarlo.

—Rafe, estás llenando todo de lodo, —me quejo. No quiero que arruine el hermoso piso de madera o la alfombra gruesa. Tiene un gran gusto para la decoración y odio tener que admitirlo. El espacio es impactando y masculino, pero cómodo al mismo tiempo.

Me apoya en frente del hogar, pero sus grandes manos todavía sostienen mi abrigo. —Tengo que ver si estás herida. Me lo desabrocha y me quita el abrigo antes de que sepa qué está sucediendo.

—Estoy bien, Rafe. Fue estúpido y tenías... —las palabras se quedan atoradas en mi garganta—. Tenías razón acerca de las llantas. De la nieve. —Tomo su muñeca.

—Déjame hacerlo, princesa, —dice—. Déjame asegurarme de que no estás herida. —Levanta el dobladillo de mi camisa de seda, descubriendo mis senos.

—Oh, —me ahogo por la sorpresa. Levanto los brazos para permitirle pasarla por encima de mi cabeza. Llevo un sostén de encaja de seda pálida rosa que hace que mi piel morena brille. La media taza ofrece mis senos mientras que deja al descubierto mi piel desnuda.

Un murmullo como de animal sale de su garganta mientras su mirada verde me observa.

—Eso es lindo. —Baja el cierre de la cremallera de mi

falda tubo—. Es tan lindo. —Su voz suena gruesa y gutural. No hay manera de no ver el hambre en sus movimientos, en su mirada.

—¿Qu-qué estamos haciendo?

Quise decir *qué estás haciendo*, pero admito que soy parte de esto. Soy la que lo estoy dejando desvestirme en frente de su hogar. Mi vagina se tensa por la emoción que me recorre.

—Estamos en una sesión informativa.

—¿Una sesión informativa?

Suena oficial, muy militar, pero no tengo idea de qué significa.

—Mmm hmm. Primero voy a revisar que no tengas heridas, —continúa—. Luego te castigaré por ponerte en peligro.

—¿Perdón?

Por desgracia, mis palabras salen temblorosas y emocionadas en vez de seguras.

Él me baja la falda, abriéndome como a un regalo. Mi ropa cae al piso y Rafe se queda quieto como un cazador que ha visto un ciervo, observándome.

Me paso la lengua por los labios. No pensé que Rafe fuera a ver mi portaligas y mis medias, pero eso no evitó que fantaseara con algo similar a este momento cuando me las puse esta mañana.

—Que la suerte me ayuda, —murmura mientras acaricia mis muslos con sus palmas cálidas. Es una frase extraña, pero Rafe es un hombre peculiar—. ¿Te las pusiste para mí? —Su mano se mueve hacia arriba por mi pierna.

—No, —respondo, aunque un poco sin aliento—. Uso lencería de este estilo todo el tiempo.

Es verdad. Mi *mémère* creía que una mujer era más segura si usaba seda y satén y encaje y cosas lindas contra su piel. Un lujo secreto para ella y sólo ella, y quizás un compañero si eso quería. Entonces una parte de mi sueldo siempre ha ido a asegurarme de tener sostenes y camisolas y bragas hermosas y, sí, hasta portaligas.

—¿Quieres decirme que llevas esto debajo de la ropa todo el tiempo? —Rafe casi luce enojado. ¿O está frustrado?

—Por supuesto, —muevo un poco los hombros y me inclino hacia atrás para mostrar mi cuerpo. Las tiras del portaligas se conectan por mis piernas con las medias de seda. El conjunto adorna mi vagina a la perfección.

Rafe gruñe un poco mientras me explora. Su tacto es más ligero de lo que imaginé que sería, sus manos ásperas pero tan gentiles.

Me muerdo el labio. Mentí. No siempre uso portaligas. Cuando me lo puse esta mañana, me imaginé a Rafe sosteniendo mi cintura justo como lo hace ahora.

Él se arrodilla frente a mí; su rostro está justo donde lo necesito, así que cualquier protesta que pueda tener se derrite como copos de nieve sobre piel caliente. Presiona un beso en la parte frontal de mis bragas, justo en el ápice de mi abertura.

Tomo la parte de atrás de su cabeza y lo sostengo ahí. Él abre la boca y me retuerzo contra la sensación de su respiración cálida a través de la tela fina. Muerde mis labios inferiores a través de las bragas y gimo.

—Me desobedeciste, princesa. —Su voz es seductora, no mandona. Sus dientes muerden mi muslo interno y doy un grito agudo. Luego su lengua hace remolinos sobre el mismo lugar que mordió y se siente genial—. Ahora descubrirás lo que es que yo te castigue.

—¿Ah, sí? —digo porque esto es lo que hacemos. Peleamos. Un ida y vuelta en nuestro partido de tenis verbal.

—¿Cómo es? Genuinamente tengo curiosidad. ¿Rafe castigándome? No debería ser sensual, pero mi interior se revuelve.

Comienza a pararse. Intento empujar sus hombros hacia abajo, pero no tiene sentido. El tipo es como un camión. Tiene esa sonrisa en el rostro otra vez, que me enloquece más que nada. Es como otra persona cuando sonríe, incluso más devastadoramente apuesto pero también juvenil y abierto.

—Debería ponerte sobre mi rodilla, —sus manos grandes se deslizan sobre mi piel hasta mi trasero y lo aprietan. Fuerte.

—¿Entonces por qué no lo haces? —lo desafío. Intento sonar tímida, pero mi voz suena emocionada. Rasposa.

Me toma por las rodillas y me lleva a la cama, donde me baja a los pies y me gira.

Una risa ahogada sale de mi boca mientras empuja mi torso hacia abajo sobre la cama y me golpea el trasero.

Me sacudo con la emoción del contacto, pero de inmediato masajea hasta que pasa el dolor.

—Mmm.

Quizás esto era a lo que me resistía de tener a Rafe como jefe. La dominancia sexual que me deja temblando y blanda.

Rendida.

Quizás sabía en algún nivel que me encantaría porque lo quería tanto que ahora me aterra. No me gusta ser necesitada con nadie. En especial con un tipo como Rafe.

Me vuelve a dar una nalgada en el trasero, un golpe fuerte y en serio que me hace mojarme las bragas. Luego de frotarme donde arde, desliza dos dedos en la cintura elástica de mis bragas y tira hacia afuera, arrancándola.

—Las reemplazaré. —Arroja las bragas arruinadas.

—Ay Dios —murmuro. ¿Por qué es tan sensual?

Su mano está apoyada en la parte trasera de mi pierna y me quedo sin aliento cuando le da un golpe a una de las tiras del portaligas.

—Puedes llamarme Sargento.

Me río porque es demasiado tarde para ofenderme de su mano dominante. Ahora esto es algo más.

Es sexo, puro y simple. Y me encanta la forma en la que juega ese juego.

Me da tres nalgadas fuertes y esta vez cuando frota, sus dedos se deslizan entre mis piernas.

Mi piso pélvico se contrae y casi tengo un mini orgasmo de sólo el primer contacto con mis partes más sensibles.

—Rafe, —digo ahogada.

—Así es, princesa. —Acaricia con más firmeza entre mis piernas, haciendo rodar la yema de su dedo, que está mojado con mi flujo, sobre mi clítoris.

—¿Te gusta eso, hermosa?

Me encanta que pregunte. Ya no me está ladrando órdenes. Está escuchando mi cuerpo. Poniéndole atención a mis necesidades.

¿Cuándo fue la última vez que alguien hizo eso por mí?

—Mhm hmm, —gimo y arqueo la espalda para sentir más—. Me gusta tu castigo.

Rafe hace ese sonido de gruñido otra vez y se pone de rodillas detrás de mí. Agarra mis muslos con fuerza y los separa; luego usa sus pulgares en los pliegues de mi trasero para separar mis cachetes y mover mis caderas hacia atrás hasta que mi vagina toca su lengua.

Grito por el delicioso contacto. Rafe no se contiene. Toma mis jugos como un hombre muerto de hambre, con la lengua firme y directa. Me penetra y luego la gira sobre mi clítoris.

—Rafe.

Una vez leí que a los hombres (y las mujeres por cierto) les encanta escuchar que dicen su nombre durante el sexo. No tenía eso en mente cuando gemí su nombre, pero su respuesta es rápida y obvia. Su tacto se vuelve más áspero donde sostiene mis cachetes y muslos separados y su lengua golpea mis partes femeninas todo el camino hasta mi ano.

—¡Ay, por Dios! ¡Rafe!

Estoy sorprendida por el contacto e increíblemente complacida. Quiero más, pero me retuerzo por alejarme como si montar el orgasmo fuera algo que temo.

—Rafe... Rafe. ¡Rafe!

Acabo encima de toda su lengua, mi vagina se tensa en el aire, mis piernas tiemblan contra sus palmas. Sigue lamiéndome hasta que termina; luego se para y pone un brazo bajo mi panza y me levanta sobre la cama de espalda.

Se sube encima de mí con párpados cansados y una sonrisa arrogante en sus labios suaves.

—Supongo que estás bastante satisfecho —sale más como un ronroneo que como un comentario cruel y lo busco para suavizar cualquier ofensa.

—Pensé que tú eras la que estaba bastante satisfecha, —murmura, besándome con los labios todavía brillantes de mi flujo.

Le desabrocho el botón de los vaqueros, agradecida de que su torso ya esté gloriosamente desnudo.

—Casi, —murmuro.

No es verdad, ya estoy más satisfecha de lo que lo he estado alguna vez con un hombre, pero quiero más. He llegado hasta aquí, y quiero todo lo que Rafe tiene para ofrecer.

—¿Quieres esto? —se saca los vaqueros y los calzones. Su miembro salta, grueso y duro. Se inclina en mi dirección.

—Sí.

Saca un preservativo de la mesa de luz sin que tenga que pedirlo. Por supuesto que Rafe es responsable. Eso es lo suyo.

Se lo saco y lo abro. ¿Qué puedo decir? También soy controladora.

—Ven aquí, —mi voz nunca antes ha sonado tan ronca. Rafe camina de rodillas hasta que puedo tomar la base de su miembro y sostenerlo. Me siento y lo tomo en mi boca, dándole una mamada completa antes de poner el preservativo sobre su pene mojado. El escalofrío que recorre su cuerpo me hace sentir tan arrogante como él lucía hace un momento.

Rafe baja la boca hasta mi pecho izquierdo, succiona el pezón, pero estoy demasiado impaciente para seguir con el juego previo.

—No, no, —digo, empujando su cabeza—. Te necesito adentro de mí.

Rafe levanta la cabeza con un aspecto de sorpresa. Hasta complaciente.

—¿Sigues peleando por el control, no, hermosa?

Con eso, me da vuelta sobre mi estómago y le da otra nalgada a mi trasero. No me molesta porque pronto siento el empujón de su miembro entre mis piernas.

—Síííí, —digo con placer y luego gruño cuando empuja bien profundo. Se detiene en el final y la onda expansiva de la sorpresa y del placer se expanda desde mi centro,

—¿Estás bien?

—Un poco tarde para preguntar, ¿no? —le digo con sarcasmo, pero no hay maldad porque se siente realmente asombroso que Rafe me llene.

Me castiga no moviéndose.

Sacudo el trasero.

—¿Quieres este pene, princesa?

Intento empujarlo hacia atrás, llevarlo incluso más adentro de lo que está.

—Lo quiero, —admito.

Emite un murmuro de satisfacción y se relaja hacia atrás para volver a empujar.

Me quejo de la pura delicia que me da.

—Sí, eso —lo aliento.

—¿Quieres que te lo haga?

Ahora me está provocando, pero no me importa porque cuando me pone ambos antebrazos sobre la cama, mi cuerpo se vuelve un resorte vivo, tembloroso, necesitado, desesperado por su próximo movimiento.

—¿Te gusta que te mantenga aquí abajo, hmm? —No sé cómo lo supo, pero tiene razón. Mi vagina largó un chorro ni bien restringió mis movimientos—. ¿Sólo te rindes ante un alfa?

Intentaría comprender lo que dijo, pero no puedo porque se está moviendo adentro de mí, enviando tsunamis de placer que me golpean con cara caricia perfecta.

—Ríndete, princesa. Te daré lo que necesitas. —Aumenta la fuerza de sus empujones.

Mi mente lucha por funcionar.

—Sí, —balbuceo, sin querer decir nada en absoluto. Pero es demasiado tarde, es como haber sacado el corcho y la verdad se derrama por todas partes—. Esto es lo que necesito. Es justo lo que necesito.

—Mierda, sí, —Rafe se exalta detrás de mí, empujando con más fuerza, sus genitales chocan contra mi trasero—. Te lo daré, —promete en el mismo tono de balbuceo que el mío—.

¿Puedes acabar cuando te lo pida, Adele? —me pregunta, abalanzándose sobre mí, enloqueciéndome.

No entiendo la pregunta, así que no respondo. Estoy

bastante segura de que mi mente dejó de funcionar cuando me empezó a desvestir.

—¿Hmm?

Todo lo que puedo hacer es sacudirme contra él y mostrarle lo mucho que lo quiero. Lo mucho más que necesito.

—Cuando diga ahora, quiero que acabes para mí. ¿Entendido?

Mi boca se abre en un grito mudo. Estoy tan cerca.

—*Ahora*, Adele, —me ordena.

Mi cuerpo obedece como un corredor que parte cuando suena la pistola. El clímax se desenrolla en una liberación salvaje que me catapulta al espacio exterior; los ojos se me ponen en blanco y entierro el rostro entre las mantas.

Estoy a penas consciente del grito de Rafe y de su hermoso final, perfectamente sincronizado con el mío. Sigue dándome, para terminar el orgasmo hasta que se mueve en pequeñas ondas y acaricia mis partes internas como una canción de amor. Como una caricia tierna.

Sus labios encuentran mi hombro y luego la parte de atrás de mi cuello. Me suelta los brazos y me acomoda los rizos hacia un lado para besarme a lo largo de la mandíbula.

—Eres tan hermosa, Adele. Tan gloriosa.

* * *

Rafe

—T-tú también eres glorioso, —jadea Adele.

Trato de no tomar plena consciencia de que tuve la necesidad de marcarla. De que lo que me han estado haciendo notar mis hermanos de manda es verdad.

Adele es mi pareja. No puedo procesarlo, al igual que no puedo soltarle la correa a mi lobo para que la reclame.

No estoy en posición de formar pareja. Soy el alfa de una manada de mercenarios transformistas-soldados que forman partes de las misiones más peligrosas que se hayan inventado.

Adele, esta mujer increíble, talentosa, energética y hermosa, es humana. Frágil. Delicada. Si fuera mi pareja, podríamos tener niños en vez de cachorros. Ellos también serían frágiles. No puedo vivir sabiendo que podrían arrancar de mi vida a alguien que amo otra vez. No viviré de esa manera.

Simplemente es demasiado para soportarlo. Temer por su seguridad esta noche ya fue lo suficientemente malo.

—¿Ahora me dejarás cuidar de ti?

No puedo evitar ponerme mandón de nuevo.

Ella voltea en la cama y me mira con sus ojos color canela.

—¿Por qué fue la pelea? ¿Con Channing y luego con Deke? Actuaste como un loco.

—¿Te asusté? —murmuro—. Princesa, nunca te lastimaría.

Ella exhala.

—Lo sé. Pero querías lastimarlos a ellos.

Me encojo de hombros. No puedo explicarle la dinámica de una manada.

—Sólo estábamos descargándonos.

Ella pone los ojos en blanco pero deja de preguntar y murmura algo de «machos» y «demasiada carne».

Le acaricio la mejilla con el pulgar.

—Esta noche me asustaste.

—¿Has perdido a alguien?

Contengo la respiración y me alejo. Me toma un momento encontrar la voz y cuando lo logro, las palabras suenan algo viejas. Atormentadas.

—¿Qué te hace decir eso?

—¿Por eso trabajas tanto para mantener a todos los que te rodean a salvo y bajo control?

Exhalo el aire en mis pulmones con un soplido.

—No sé cómo podrías saber eso.

Ella se encoje de hombros.

—Fuiste un soldado especial en el ejército. No es difícil imaginar que podrías haber perdido a algún compañero.

Tiene razón. He presenciado combates. Ha habido muertes humanas que todavía me persiguen.

—Es verdad.

Ella inclina la cabeza y me analiza en la oscuridad.

—Hubo un trauma específico.

Me sorprende su habilidad de percepción. No lo he notado antes porque siempre estuvimos peleados. Cuando me trataba con descaro y me buscaba, no había lugar para la vulnerabilidad. Quizás por eso a ambos nos guste tanto pelear. Es una forma de autoprotección.

Salgo de encima de ella y tiro el preservativo.

Ella no se mueve, como si estuviera esperando mi respuesta.

La habitación está oscura. Es probable que esté demasiado oscura como para que me vea bien, lo que ayuda. Vuelvo a la cama y me acuesto a su lado, trazando la suavidad de su barriga de forma ligera con mis yemas. Todavía lleva su conjunto sensual, excepto por las bragas que le arranqué; me las quedaré como recuerdo.

Tenerla cerca es un bálsamo para una herida a medio curar. Su presencia me ayuda a seguir.

—Perdimos a nuestros padres, —admito—. Lance y yo. Ellos fueron... —dudo, sin querer exponer a Adele a una historia macabra— ...asesinados.

Su respiración se entrecorta y ella me abraza, moldeando su cuerpo contra el mío.

Quiero contarle más, aunque nunca le he contado esta historia a un humano. Las palabras brotan de mí como una confesión,

—Ellos fueron asesinados. Lance y yo encontramos sus cuerpos.

Adele se queda sin aliento.

—Ay por Dios. Lo lamento tanto, Rafe. ¿Qué edad tenías?

Cierro los ojos con fuerza. *Los cuerpos de mis padres, cortes rojos, heridas abiertas por sus atacantes, marcando sus rostros y manos...*

—Tenía quince. Lance tenía once. Nos dejaron juntos en el sistema de acogida temporal hasta que pude pedir su custodia. Entonces me uní al ejército, para poder mantenerlo.

No fue el sistema de acogida humano; otra manada nos acogió, pero igual tuve que luchar para que Lance y yo pudiéramos seguir juntos. Era la única familia que me quedaba.

Adele acaricia mi hombro con mano y baja por mi brazo.

—Ese es un trauma enorme. Puedo ver cómo te dejaría una gran marca.

Gruño. Nunca pensé que mi necesidad de mantener a salvo a quienes me rodean fuera una señal de un trastorno, una cicatriz en acción. Quiero decir, soy el alfa. Literalmente es mi deber proteger a la manada. Pero la idea de no tener este temor constante de vida o muerte apretando mi corazón hace que me ardan los ojos.

Como si un yo alternativo, una versión más saludable y

sana pudiera llenarse con paz y poder en vez de trauma y la necesidad de la venganza más brutal.

—He estado buscando darle un cierre por mucho tiempo, —digo en un tono áspero en la oscuridad.

—Un cierre... supongo que eso no significa mucha terapia para ayudarte a perdonar.

—No. —Significa venganza. Dar un cierre implica la muerte lenta y dolorosa de quien haya matado a nuestros padres. El recuerdo de Gabriel Dieter insinuando tener esa información sale a la superficie y me hace apretar los dientes. ¿En serio sabe quién los mató? ¿Fue él? Voy a cazar a ese hombre (o lo que sea) y a averiguarlo—. Quiero justicia.

—Mi *mémère* solía decir que no necesitas un cierre con nadie más que contigo. Ese es el verdadero secreto del poder.

—Mmm.

Estoy demasiado satisfecho de mirar a mi pareja acabar como para mostrarme abiertamente en desacuerdo.

Su risa es grave y ronca.

—Lo sé, a mí tampoco me convenció nunca. ¿Pero qué tal si pudieras simplemente ser tu propio cierre? Sacarte la responsabilidad de buscar venganza. Dejar de anclarte en ese evento y que siga moldeando tu vida.

De repente estoy cansado hasta los huesos. El peso de necesitar proteger a todos en mi vida y de vengar a mis padres me ha alcanzado. En mi vida ha habido tanta muerte. Todos los fantasmas de mi pasado pasan por mis ojos. Mis hermanos del ejército caídos. Los hombres, humanos, que sirvieron conmigo y murieron a mi lado. Mis padres. Les fallé. No pude salvarlos. No pude protegerlos. Los transformistas en mi manada de soldados son míos para que los lidere y proteja. Y los mantenga con vida.

—Sólo déjame arreglar tus llantas.

Adele duda y creo que seguirá volviéndome loco, pero está de acuerdo.

—Bien, pero lo descontarás de mi salario. Si es que todavía tengo trabajo.

—Todavía tienes trabajo. Mientras que dejes de coquetear con Channing.

Ella se ríe algo dormida.

—Eres ridículo. ¿Por qué no simplemente intentas coquetear tú mismo?

—Prefiero hacerte enojar.

—Ridículo, —murmura, pero su respiración se volvió más profunda y se duerme en mis brazos.

Mierda. No sé cómo pasaré la noche con ella en mi cama.

Capítulo Siete

R*afe*

—¿Entonces la marcaste?

El rostro grande y tonto de Channing está ridículamente emocionado cuando entro al garaje a las 6 a.m. Hasta Deke me mira mientras trabaja en reemplazar las llantas de Adele.

Me froto la cara. No pude dormir anoche intentando mantener a mi lobo contenido. Esta mañana, salí de la cama a las cinco. Si me quedaba y miraba dormir a Adele, terminaría haciéndoselo otra vez. Y probablemente la marcaría. Eso es lo último que necesito.

Necesitaba alejarme de Adele y no tuve el coraje de despertarla. Sigue durmiendo en mi cama.

Donde debería estar, señala mi lobo de forma arrogante.

—No, —respondo cortante—. Claro que no. No marcaré a Adele ni la reclamaré como pareja. —Enfatizo esto con una patada a la pieza de metal que justo está en mi camino, esa estúpida «escultura de metal». Sale rodando por la puerta abierta del garaje y rebota contra el pavimento hasta el jardín.

—Tranquilo. —Channing levanta las manos. Deke y él se miran como si en silencio se pusieran de acuerdo en andar de puntas de pie a mi alrededor.

—¿Pero igual es tu pareja? —pregunta Deke.

Me cruzo de brazos.

—¿Quieres hablar acerca de esto? ¿Compartir sentimientos?

—Por supuesto.

Deke baja la llave inglesa e imita mi posición.

—Si es tu pareja, y obviamente lo es, entonces debes reclamarla.

¡Sí! Grita mi lobo.

—No.

—No tienes opción, —señala Deke—. Eres el lobo alfa. Te volverás loco con la luna.

Mierda, Deke tiene razón. Channing está agachado detrás del auto de Adele cambiando las llantas y apartándose de la conversación al mismo tiempo. Qué inteligente. Mi lobo no siente que Deke sea una amenaza porque ya tiene pareja.

—No puedo hacerlo.

—Entonces veamos las opciones. —Deke levanta un dedo—. En el peor caso, te volverás loco con la luna. Loco de remate. Y si eres tan dominante, se necesitará de todos nosotros para calmarte. Lo que significa que podríamos salir lastimados.

—No llegaremos a eso. —Hasta yo puedo escuchar la mentira en mi voz.

Deke muestra un segundo dedo.

—Lance tiene una pareja nueva. Están esperando un bebé. Si enloqueces, tendremos que dormirte. Eso significa pelear a muerte. Podrías herir o matar a tu hermano, y su bebé crecería sin la protección y el apoyo de un padre.

—Mierda, —murmuro y Deke asiente mostrando que está de acuerdo. Sé que está retorciendo el cuchillo. Quiero golpearlo en la cara, pero me quedo en mi lugar. Deke tiene razón y merezco escuchar esto. Merezco el dolor.

—En el mejor de los casos, quedas nervioso, volviéndote más y más miserable con cada mes que pasa, —dice Deke—. Anoche pudimos ver cómo era. Serás más pendejo de lo que ya eres. —Se encoge de hombros—. Puede que dures un año o dos antes de volverte loco con la luna y que tengamos que matarte.

—Me iré antes de que eso suceda.

—No estarás cuerdo. Tu lobo tendrá el poder y te enloquecerá. Y me importas demasiado como para ver que suceda eso cuando hay una solución simple: reclamar a Adele.

—Estás muy charlatán esta mañana, —murmuro.

—Ahora tengo pareja, —dice Deke de mala manera—. No pierdo el tiempo. La cuestión es, ¿por qué tú sí?

—Uuuh. —Channing asoma la cabeza por encima del auto—. *Mic drop.*

—Cállate, —gritamos Deke y yo al mismo tiempo. Él y yo nos miramos mal, con los brazos todavía cruzados. Después de un minuto, los ojos de Deke brillan, me muestran su lobo, pero baja la mirada y respeta mi dominancia.

—No puedo reclamarla. —Volteo. Las imágenes llenan mi cabeza: mis padres muertos, tirados en el piso de nuestra casa. El rostro pálido de mi hermano Lance. Sólo era un niño y yo adolescente cuando lo perdimos todo. La necesidad de venganza me ha atormentado cada día desde entonces.

No puedo volver a pasar por eso. No lo haré.

—¿Sargento? —me llama Channing, sacándome de mi ensoñación.

99

—Revísalo por completo después de cambiar las llantas, —le ordeno—. Cuando Adele despierte y baje, dale su auto y deja que se vaya a casa.

—¿Estarás aquí? —pregunta Deke.

—Nop. —Ignoro el aullido angustiado de mi lobo—. Iré a patrullar.

Correr por 50 km debería gastar algo de esta energía impaciente. Al menos me alejaré de aquí. Necesito estar bien lejos de Adele.

* * *

Adele

—¿Entonces cómo te está yendo en el nuevo trabajo? —pregunta Tabitha cuando salimos del café. Guardo las manos más adentro de los bolsillos.

—Em, bien, —miento. No tengo idea de cómo está el trabajo nuevo. Me pasé las últimas veinticuatro horas intentando no pensar en eso.

Hace dos noches dormí con Rafe. ¿Fue sólo hace unos días que estaba mirando con anhelo hacia la habitación de Rafe y preguntándome si dormía desnudo? Ahora lo sé. Duerme sin ropa, con todo su cuerpo delicioso esparcido como un festín para los ojos.

Pero luego se va de la cama antes del amanecer. No sólo me desperté sola en su cama, sino que ni siquiera me despidió. Deke estaba esperándome con las llaves del auto.

Por un lado, mi camioneta estaba totalmente arreglada, hasta con llantas nuevas. Eso fue lindo.

Por el otro, *el maldito Rafe se marchó*. Tuve que juntar mis cosas y salir de la posada en frente de todos con mi ropa del día anterior y sin *bragas* porque las que me arrancó no estaba por ninguna parte. Por supuesto que todos sabían que pasé toda la noche en el cuarto de Rafe y que él se fue antes de que me despertara.

Vaya caminata de la vergüenza.

Deke y Channing me dieron alguna pequeña excusa de que Rafe tenía mucho trabajo esta semana. Ayer no lo vi para nada cuando dejé el almuerzo y preparé la cena. Estuve enojada todo el tiempo, golpeando ollas y sartenes, sellando sus chuletas hasta que estuvieran pasadas y quemando la parte de arriba de su *creme brulee*. Un par de días trabajando para Rafe y podría escribir todo un libro de cocina sobre la cocina pasivo agresiva.

Sí reemplazó las bragas que rompió, en la típica forma idiota de Rafe. Anoche el idiota *me envió por correo una tarjeta de regalo para una tienda de lencería*. Casi se lo reenvié diciéndole que se fuera a la mierda.

La única razón por la que no he renunciado es que necesito trabajar. El salario que Rafe me prometió llena bien mi cuenta bancaria. Un par de pagos más y podré pagarle una cuota al propietario.

Tabitha arroja su taza vacía al tacho de basura público y camina a la par mía.

—Suenas emocionada, —comenta—. Vamos, querías encontrarte a tomar café sin Charlie y Sadie por alguna razón. Háblame.

No es que no quiera hablar con Charlie y Sadie. Ambas ya deben saber de mi noche con Rafe.

—No me juzgarán, pero...

—Ambas están en relaciones felices y sanas. Vi a Charlie y Lance eligiendo ropa de bebé el otro día. Fue tan adorable que dolió, —dice Tabitha con un destello en los ojos que me dice que está bromeando—. De hecho me dieron calambres en los ovarios. Y luego se sobrecalentaron y casi me monté al cartero. El que disimula su calva y tiene dientes feos.

—Ay por Dios, yo también —me río—. Me encanta la pareja, pero cuando acompañé a Charlie a elegir los colores para la pieza del bebé, casi compré una lata de azul pálido y algo de papel tapiz decorado con elefantes pequeños.

—Lo sé, ¿verdad? —chilla Tabitha y ambas reímos. Mi pecho ya no se siente tan tenso. Juntarme con T fue una buena idea—. Mi útero está llamando a mi cerebro y le pregunta cuándo le daré nietos a mi mamá.

—¿Tu mamá no te llama para preguntarte eso?

—No. —Tabitha hace mueca—. Me pregunta si puede organizar una cita con un billonario neoyorkino que trabaja con fondos de inversión y tiene una barbilla débil. Y cuando me niego, lamenta que haya dejado mi carrera de modelo. Según ella, las fiestas después de los desfiles de moda en Milán son la mejor manera de encontrar un *sugar daddy*; ese es mi término, no el suyo. —Pasa el brazo por el mío cuando cruzamos la calle—. ¿Qué hay de tu mamá? ¿Pide pistas acerca de quién llevarás a casa para las fiestas?

—No. Mis padres todavía quieren que estudie medicina y sea doctora como ellos.

—¿Qué hay de tu negocio?

—No creen en mis sueños comerciales. —*Mémère* fue la única—. Pero tengo una oportunidad de que funcione. —Le cuento sobre la oferta de trabajo de Rafe y el salario alto que me está pagando.

—Muy bien entonces, —dice Tabitha tras una pausa—. ¿Cuál es el problema?

—Es Rafe. Es un idiota. También es...

—¿Muy, muy apuesto? —dice mi amiga con una sonrisa diabólica.

—¡Tabitha!

—¿Qué? ¿No puedo mirar? Lo es.

—Lo es —me muerdo el labio—. Y nosotros... —No puedo decirlo. La miro y me sonrojo.

—Ah, ya veo. —Tabitha me ofrece el puño para chocarlo —. Ve por ello, amiga.

—No es tan simple. —Le cuento toda la historia bastante rápido.

—¿Se fue? —Tabitha prácticamente grita.

—Sí... pero... —noto que quiero explicar algo más. Defender a Rafe—. Me contó cosas... —dudo porque no quiero hablar de los asuntos de Rafe—. Se abrió conmigo, Tabitha. Me contó sobre su niñez, cómo cuidó a su hermano, por qué se unió al ejército.

—Y luego huyó.

—Sí.

—Como el hombre-niño asustado que es.

—No es un hombre-niño. Es todo hombre. Ha pasado por mucho, Tabitha.

No quiero compartir detalles, pero sólo digamos que sufrió mucho trauma. Mucho. Y que acercarse a alguien probablemente lo detone.

—Suena a que tiene estrés postraumático con las relaciones.

—Exacto.

—Bueno, no soy quién para juzgar. Pero las relaciones entre jefes y empleados...

—Lo sé. Son una mala idea.

—Puede que tenga algún pequeño trauma propio por ver a mi mamá seducir a sus jefes. Sus jefes casados.

—Vaya. Caminamos otra cuadra en silencio.

—¿Entonces qué harás? —Pregunta Tabitha.

—No lo sé. Me gusta este trabajo. ¿Busco otro trabajo? ¿Puedo conseguir otro tan bueno?

—Si te quedas con el trabajo, ¿qué harás con Rafe?

—Tampoco lo sé. ¿Perdono a Rafe y lo ignoro? ¿Puedo ignorarlo? —No me arrepiento de dormir con él. Por un breve momento, me despejó la mente por completo del desastre que es mi vida.

—Siempre puedes cuidar gatos, —Tabitha se aparta el largo cabello lacio del rostro—. Eso hago cuando estoy baja de fondos.

—No gracias, te lo dejo a ti.

Tabitha tiene un espíritu despreocupado, y nunca la vi mantener un trabajo tradicional. Paga las cuentas vendiendo sus artesanías y cuidando gatos y vendiendo vestidos en maravillosos lugares vintage que encuentra en ferias estatales y arregla.

Esta tarde lleva vaqueros acampanados y una remera corta debajo de un abrigo vintage y su atuendo logra que estar a la moda de la forma más retro posible. Tabitha siempre tiene un buen manejo del tiempo. Si quisiera podría vender la ropa que crea en línea y construir un gran negocio, pero cuando se lo mencioné hace unos años, ella frunció la nariz y me dijo que todo ese trabajo no sonaba bien.

—¿No tienes frío? Me estoy congelando. —Me froto las manos.

—No mucho. —Ella se encoje de hombros. Tiene el abrigo abierto—. Soy de sangre caliente. —Ella busca en una bolsa grande de macramé y saca una bufanda—. Ten. Un regalo anticipado de Navidad. La tejí yo misma.

—Gracias. —La bufanda es de un color capuchino clásico que iré bien con todo lo que tengo. Tabitha pasa por encima de mi cabeza y la acomoda en mi cuello como a una nube—. Por Dios, ¿es cachemira? —Toco el borde suave.

—Sí, tenía algo de lana de un suéter que hice a pedido.

—Tabitha acomoda la bufanda para un lado y para el otro, asintiendo y dando un paso atrás cuando está satisfecha con el estilo—. Me harías un favor. No combina con mi ropa.

—Bueno, gracias. ¿Qué harás para las fiestas? ¿Irás a ver a tu mamá?

Tabitha hace mueca.

—Por Dios, no. Está en Seychelles hasta febrero. Me iré de viaje por la ruta a una convención de joyas en Texas. Tengo que pasar por un par de ferias estatales de camino allí y de regreso. Así que si me llamas y va directo al contestador, sólo tienes que saber que estoy en el cañón.

Nos abrazamos y Tabitha se aleja. Continúo hacia la plaza.

Apresuro el paso. Estoy pasando por un callejón de adoquines que me lleva a *The Chocolatier*, pero no quiero verlo como está, con las ventanas oscuras y el cartel de cerrado en la puerta. Quiero imaginar mi tienda bien iluminada, llena de gente feliz.

¿Qué era lo que siempre decía *Mémère? Crea en tu mente una imagen de lo que quieres. No pienses en el problema; imagina una solución.*

Mi *mémère* visualizaba los negocios que quería construir, incluso cuando era joven y no tenía un centavo. Me contó cómo se paraba en la acera en frente de los edificios de lo que sería su pensión. Imaginaba que la puerta principal se abría con la gente que entraba y hablaba y se reía mientras pagaba las cuentas. Se imaginaba a sí misma viviendo una larga vida con una fortuna que crecía. Anillos en los dedos y pulseras de esmeraldas en los brazos. Y construyó un negocio exitoso que mantuvo a su familia. Incluso después de vender la pensión, tuvo los fondos para pagar la educación universitaria de mi mamá y la carrera de medicina y vivir con estilo. *Ningún hombre me dio esto*, solía decir mientras tocaba su anillo de diamante. Ella pagó la educación de todos sus nietos y también recibimos una herencia cuando murió.

El dinero inicial para mi tienda vino de esa herencia. *Lo siento, Mémère. Lo perderé y no sé qué hacer.*

Si estuviera aquí ahora, *Mémère* sonreiría y se acomodaría el anillo de diamante, la pulsera de esmeralda. *No has perdido nada, cher. De la nada, puede construirse un camino. La realidad te sigue. Muéstrale el camino.*

Tengo un par de minutos antes de que me encuentre con Sadie para hacer compras de navidad.

Me detengo junto a un cantero cubierto de nieve y cierro los ojos. *Crea en tu mente una imagen de lo que quieres. The Chocolatier* aparece en mi visión mental: la ventana y la puerta limpias y totalmente pulidas, sonriendo a los clientes que entran y salen, cada uno con una o dos bolsas blancas. Llevan el aroma a caramelo y chocolate en sus abrigos de invierno. Llevan algo de calor y de amor en forma de crema de chocolate y trufas cubiertas de azúcar.

Cuando abro los ojos, tengo una gran sonrisa en el rostro. ¡Esto está funcionando!

Sigo bajando por la acera y dejo que mi sueño siga su curso. Clientes felices, una tienda feliz, un propietario feliz. El dinero que se apila en mi cuenta bancaria. Ropa nueva de seda y satén, lencería de mis boutiques preferidas. Encaje hecho a mano junto a mi piel, lo suficiente para volver loco a Rafe...

Y aparece de repente, con el cabello oscuro enmarañado, sus ojos oscuros que me atraen, un costado de la boca hacia arriba en una sonrisa engreída. Su cuerpo se flexiona, un metro ochenta y algo de músculos increíbles. Hay una pequeña línea de cabello oscuro que va desde su ombligo hasta sus pantalones de cargo negros. Y luego sus pantalones desaparecen.

Diosito mío. Me quedo helada y pongo una mano sobre mi pecho. *No, no, no, Mémère. Esto no es lo que quiero.* Me dejó ayer por la mañana. Ni siquiera se quedó para darme mis llaves.

No me quiere, lo que me angustia. Pero lo más molesto es, ¿por qué está siendo el más sensato? Se supone que yo sea la que lo aparte para poder mantener mi trabajo cómodo y volver a abrir mi tienda.

La tienda. Para eso es todo esto. No necesito a un maldito hombre.

Cierro los ojos y vuelvo a intentar mantener la imagen en mente de lo que quiero, pero todo lo que veo es a Rafe sin camisa ni pantalones.

¡Maldición!

—Sal de mi cabeza, Rafe desnudo, —murmuro.

—¿Qué? —gruñe alguien detrás de mí y salto unos quince metros en el aire. Me giro para ver que Rafe está justo detrás de mí, sosteniéndome con las manos en mi abrigo. ¿Cómo puede moverse tan silenciosamente un hombre tan grande?

—Nada, —respondo de forma seca—. ¿Qué estás haciendo aquí? ¿Me estabas persiguiendo?

—Si te estuviera persiguiendo, no lo sabrías, —ronronea y mi corazón da un giro—. Estoy aquí para encontrarme con Deke y te vi desde la otra vereda. Parecía que te estaba dando un infarto.

—Las mujeres tienen síntomas de infarto muy diferentes, —digo rápido porque sigo enojada con él—. No siempre son dolores en el pecho, —cierro la boca porque, ¿por qué estoy discutiendo con Rafe acerca de los síntomas de un infarto en medio de la plaza? Lo que realmente quiero hacer es darle una cachetada y luego llorar y preguntarle por qué se fue. Adónde ha estado los últimos dos días.

Su mano se cierra sobre la mía y mi corazón amenaza con salirse de mi pecho.

—De acuerdo, princesa, —me calma—. Si no era un infarto, ¿entonces qué fue?

Un infarto de Rafe. Pero no, no puedo decirle eso.

Me paso la bufanda de Tabitha por encima del hombro. Rafe se mantiene cerca, las borlas de las puntas lo golpean en el rostro. Ups.

—Nada, —digo, intentando recuperar los restos esparcidos de mi dignidad. Supongo que no hablaremos de nuestra noche juntos. Bien—. Estoy bien. —Voy a dar un paso y mi talón golpea contra un parche de hielo y mi pierna se eleva en el aire.

Golpeo contra la pared sólida que es el cuerpo de Rafe y termino en sus brazos, inclinada sobre él como si fuéramos bailarines de tango posando para el final de la canción.

—Llevas las botas otra vez, —frunce el ceño mirando los tacones—. ¿Cómo caminas en la nieve con esas cosas?

—Elegantemente.

Excepto cuando estás tú.

Me apoya sobre los pies y hago un alboroto acomodándome la ropa. Después de un momento, pone mis manos a mis lados y me acomoda el abrigo él mismo.

—Será mejor que empieces a usar algo práctico, princesa. No siempre estaré detrás de ti para atraparte cuando caigas, —dice en su voz áspera, su gruñido cachondo patentado. Cada palabra me da escalofríos en toda la piel.

Tenía una respuesta rápida en la punta de la lengua, pero con una sola mirada a su rostro, se desvaneció.

Me está mirando como si fuera una magdalena y una que quiere comerse.

Sus manos siguen sobre mi abrigo y siento que su calor penetra todas las capas de ropa hasta llegar a mi piel.

Tararea y me acomoda la bufanda de una forma cuidadosa que me hace sentir que quiere arrancarme toda la ropa.

—Esto es lindo. —Frota la bufanda entre su pulgar e índice y siento el dejo de su tacto entre mis piernas.

—Me da regaló Tabitha. —Me paso la lengua por los labios—. ¿Por qué me dices así?

—¿Cómo te digo?

—Princesa.

—Porque eres demandante.

—¿Así es?

Señor, este hombre me hace querer arrancarle la cabeza de los hombros cada vez que abre la boca. Si *Mémère* estuviera aquí, diría que es porque yo soy la que en realidad quiere arrancarle la ropa.

Me alegra que *Mémère* no esté aquí para ver a su nieta favorita hacer el ridículo por un hombre.

—No soy demandante, —respondo—. Sólo luzco bien. Me veo arreglada. Además, ¿qué importa? —Agrego encogiendo los hombros un poco como los franceses—. No eres quien me mantiene.

Inclina la cabeza hacia el costado.

—Eso es cierto. Simplemente disfruto de los resultados.

Hay un destello de luz en sus ojos. Su mirada me calienta por completo.

De alguna forma Rafe luce más esbelto, los huecos de sus mejillas están más profundos y sus pómulos más marcados. Hay un bosque de sombras debajo de sus ojos. Su cabello oscuro cae sobre su rostro y mi mano quiere acomodársele. Ha estado trabajando largas horas, y luce como si le faltara sueño.

Mi primer instinto es preguntarle si ha comido y ordenarle que se siente para poder alimentarlo. Cargar su plato y sentarme cerca para asegurarme de que lo termine. Y luego subirme a su regazo y sentarme a horcajadas para darle su recompensa...

Pestañeo. ¿De dónde mierda vino esa idea?

Pero ahora él me está mirando fijo, directo a los ojos.

—¿Dónde está tu abrigo de invierno? —exagero el mirar a todos lados buscándolo—. Hace muchísimo frío.

Lleva su típica camiseta henley y un chaleco. Sus mejillas bronceadas está agrietadas. Ni siquiera tiene un gorro. Puedo ver que el calor sale de su cuerpo por la parte superior de su cabeza.

—¿Estás preocupada por mí? —Sus ojos me queman.

—Piensas que *mi* ropa no es práctica...

Hay un destello de luz verde en sus ojos. Debo estar viendo cosas. Quizás las luces de navidad reflejadas o algo extraño.

—Déjame ver algo. —Lo tomo por el brazo y me paro frente a él para observar sus ojos por un momento.

—¿Qué buscas, princesa? —Su voz es incluso más grave de lo normal. Vuelve a ocupar mi espacio y no es algo que odie.

Niego con la cabeza.

—Debe ser algún efecto de la luz. A veces tus ojos parecen verdes, pero en realidad son... —me quedo sin voz.

Nuestros labios están a sólo unos centímetros.

—¿Qué, princesa? —su respiración llega a mi rostro.

—Marrones oscuros... —Trago saliva. Estamos lo suficientemente cerca como para besarnos y mi cuerpo arde. Alejo la bufanda de mi garganta. *Por Dios.* Muevo una mano sobre mi rostro mientras Rafe me mira como si estuviera loca. Me estoy congelando aquí y de repente tengo demasiado calor con mi abrigo.

—Adele...

—Hoy hay luna llena, —digo desesperada, volteo y sigo caminando por la acera—. O no esta noche, pero en un par de días. Pronto.

—Sí. Comienza a caminar junto a mí; luce sorprendido, como si supiera lo que estoy haciendo. *Distraer. Eludir.*

—¿Sabías que la palabra «lunática» en realidad viene de «luna» porque se creía que causaba insania temporal? —sigo balbuceando—. Mi *mémère* me contó sobre las noches de luna en Nueva Orleans. La gente actúa como loca... bueno, más de lo normal.

Frunce el ceño.

—¿Qué quieres decir, princesa?

Iba a decir algo acerca del ciclo de menstruación de las mujeres siguiendo a la luna, pero eso sería llevar muy lejos la táctica de distraer y eludir.

—Ah, nada. Sólo converso.

Se para en frente de mí, haciendo que me detenga de pronto.

—¿Esto es sobre la última vez que estuvimos juntos? —murmura—. Tú y yo, en mi habitación. ¿Dirás que fue locura temporal?

Supongo que hablaremos de eso.

—No. Sabía lo que estaba haciendo. Y me gustó. —Contengo la respiración y espero su respuesta.

—A mí también.

El calor se acomoda en mí.

—Pero...

—Probablemente no sea una buena idea continuar, —termina la idea por mí.

—No. —¿Por qué estoy tan decepcionada? Me gusta mi trabajo y quiero conservarlo. Hacerlo con el jefe nunca es una buena idea—. Pero podemos ser amigos, ¿verdad?

Casi luce adolorido. Odio verlo sufrir.

—¿Tregua? —Estiro la mano.

Él levanta el mentón y cierra la mano alrededor de la mía. Por un momento, sólo la sostiene. Se me corta la respiración, pero la mueve con firmeza.

—Tregua.

—¡Adele! —me llama alguien.

Suelto la mano de Rafe y me alejo.

Sadie y Deke están más adelante. Las mejillas de mi amiga están agrietadas por el frío debajo de un gorro rojo brillante. Deke camina lento a su lado, dando un paso largo por cada dos y medio de ella.

Saludo a mi amiga y me apresuro en su dirección. Rafe se queda a mi lado y sus dedos tocan mi espalda baja. Apenas me está tocando, pero lo siento en todo mi cuerpo por el resto de la noche; su mano rondando la parte baja de mi espalda, listo para atraparme si me caigo.

* * *

El extraño

Ha pasado tanto tiempo desde la última vez que caminó entre los comunes. En esta nueva era, los hombres y las mujeres se mezclan con libertad. Los niños pueden correr y jugar y reírse fuerte.

Está parado en la plaza Taos y observa. No ha vivido una vida tan larga para no ser un buen observador.

Desde que se despertó, todo ha cambiado. El mundo es moderno, está hecho a nuevo. Pero la gente sigue siendo la misma. Los campesinos siguen reuniéndose en la plaza. Hacen compras y hablan y se saludan entre sí. La principal diferencia es que el café ya no es algo que requiera sentarse para saborearlo por horas; se sirve en pequeñas tazas de papel y lo llevan a todos lados.

Llegó a la meseta alta siguiendo a Lightfoot. *Normalmente no se rebajaría a perseguirlo él mismo tras un conflicto, pero los de su tipo siempre disfruta jugar, como los gatos juegan con los ratones. Es comida.*

Visualiza su conflicto al otro lado de la plaza. Un hombre grande, Rafe Lightfoot. Casi aburrido, ligado a sus obligaciones.

No es el pasatiempo más interesante, pero es mejor que nada. Se acomoda los lentes oscuros que ocultan sus ojos y comienza a cruzar la calle. No sirve estar cerca del enemigo y no hacerle saber a Rafe que está aquí, en el territorio de los lobos. Provocar al enemigo es la mejor parte del juego.

Y luego siente el dejo de un aroma y su pie se detiene en el aire. No, no puede ser. Es imposible.

Después de años de buscar en los siete continentes, allí está, justo en frente de él. La única mujer en todo el mundo que le pertenece. Su pareja.

«Adele» la llaman sus amigos y la hermosa mujer los saluda.

Adele, *ese era su nombre. Tomaría menos de un momento lanzarse, tomarla y alejarse.*

Esos humanos insignificantes se marcharían ni bien vieran a su monstruo. Los dos lobos pelearían, pero no serían rivales para él.

Pero a la maniobra de tomarla e irse le falta algo de estilo. Él se considera un caballero. Una pareja debe ser conquistada y atraída. ¿Qué sentido tienen todos los tesoros que reunió si no puede mostrar sus amplias riquezas y sorprender a su verdadera pareja?

Adele, murmura para sí mismo, sintiendo el nombre como una gota de miel en su lengua.

Y *allí está ella... con Lightfoot. El lobo la ronda, se pone cerca. Actúa como el protector de la chica, Adele. Actúa casi como si su lobo la hubiera reclamado como su pareja.*

Bueno, bueno, un dilema.

De pronto su enemigo se volvió mucho más interesante. Taz vez eso fue lo que lo llevó a perseguir al lobo en primer lugar.

—*Es una competencia entonces,* —murmura y sonríe. *Iría a juntar sus recursos para prepararse para conquistar a Adele. Ella estaría a salvo con Lightfoot. Le daría suficiente tiempo de acomodar una exhibición de su enorme riqueza y de todo lo que tiene para ofrecerle a su pareja.*

Sería fácil convencer a la mujer. Lightfoot no se compara.

Adele vendría con él. Lo elegiría.

De lo contrario prendería fuego todo el mundo hasta hacerlo cenizas y lo pondría a sus pies.

Capítulo Ocho

R *afe*
Un cerdo asado.
Esta mujer me está enloqueciendo.

Eso no es algo nuevo, pero cada día que pasa en que ella entra y sale de nuestro complejo sin que le clave los dientes en el hombro para reclamarla por siempre como mía me hace más y más agresivo, me pone más nervioso.

Lo juro, a pesar de acordar que no podíamos ser pareja, Adele intenta enloquecerme. Hoy es un cerdo asado, o como ella lo llamó, *cochon de lait*. Una provocación hacia mí por insistir en que sirva más carne.

Significa que ha estado aquí desde la mañana temprano asando tres cerdos. Toda la propiedad huele a carne deliciosa que te hace agua la boca y atrae presas a nuestro territorio. Tuve que gruñirle a una manada de coyotes que se escabullían por los árboles y ahora acabo de sentir el olor a un lince oportunista.

Observo las piedras para localizarlo. Un movimiento de oreja revela su presencia detrás de un afloramiento.

—Vete a casa, —le grito—. No compartiremos. —Miro

hacia el cielo a un águila que da vueltas—. Tampoco contigo.

Hemos estado patrullando la propiedad todo el día. No puedo dejar a Adele sin supervisión donde hay animales salvajes al acecho. Esta es justamente la razón por la que no puedo reclamarla. Mi necesidad de mantenerla a salvo es un terror que crece dentro de mí.

Es difícil imaginar que algo pueda calmarlo y tomarla como mi pareja sólo aumentaría esa necesidad. Un lobo alfa protege a su propia mujer y cachorros por sobre todo.

Mierda.

Sin preguntarme, de forma inconsciente (o quizás consciente), tomando el rol de alfa mujer, Adele invitó huéspedes que ella escogió para el asado. He controlado su llegada desde lejos, desconfiando de que pueda ser educado con alguien en mi estado actual.

Pero luego escucho las notas sensuales de la voz de Adele, y una furia irracional de que coquetee con Channing me hace dar pisadas con las botas en la nieve mientras corro. Antes de llegar, Channing da un silbido agudo en dos veces, una señal de encontrarnos sin urgencia.

La comida está lista. La tarde llega a su fin y se está poniendo el sol. No me molesta comer temprano.

Corro más despacio e inhalo profundo. Habrá civiles presentes. Tengo que actuar como un maldito humano y no como un lobo que está a punto de sucumbir ante la locura de la luna.

Me detengo en las puertas corredizas de vidrio y respiro antes de ver a Adele reinando en mi castillo. Tiene otro de esos malditos vestidos, tan hermoso como poco práctico. Este es color esmeralda, con partes que muestran sus hombros y parte de su pecho y lucen su piel morena radiante. Su pelo cae como una cascada de rizos sobre sus hombros, y una franja de tela también esmeralda lo aleja de su rostro. El color resalta el verde de sus ojos pardos.

Cuando entro y tomo un plato para servirme de las pilas ahumadas de carne y vegetables, los labios de Adele forman una sonrisa de satisfacción, como si supiera lo mucho que me está torturando. Me hace querer llevarla a la habitación y darle nalgadas hasta que ese hermoso trasero quede rojo otra vez.

...y esa idea me la pone tan dura que tengo que voltear y acomodarme.

—Huele delicioso, —murmuro cuando me acerco a ella con el plato lleno de comida.

Ella hace una expresión exagerada y se lleva los dedos al pecho.

—¿Me acabas de dar un cumplido?

—Tu comida está bien.

Intentaba no mirarla porque sólo estar aquí parado me hace sudar. Su aroma me envuelve como un abrazo cálido, me arrastra.

—¿Sólo bien? —Pone las manos en las caderas y hace puchero.

—Está bien —admito—. Está... —no puedo apartar la mirada de su boca— ...perfecta.

Baja otra capa de protección y se relaja.

—¿Entonces sí te gusta?

Quiero golpearme mi propia cara por hacerle creer que no me gustaba. ¿En serio he sido tan idiota? Ya sé la respuesta.

Acomodo la palma con suavidad alrededor de la parte superior de su brazo y bajo la cabeza. No sé qué secreto estaba por contarle, ¿que su comida es tan provocadora y tentadora como ella? ¿Que me niego a su delicia porque tengo miedo de que arruine cualquier otra comida? ¿Que me atrapó con sus habilidades culinarias la primera vez que pise *The Chocolatier*? Lo que sea que fuera, me salva de la confesión que Lance nos interrumpa.

—Un mensaje importante de Kylie. Necesita que la llames de inmediato.

Gracias al destino. Una excusa para retirarme antes de arruinar la Operación Evitar a Adele. La saludo inclinando la cabeza y me llevo el plato a la oficina, donde me siento y llamo a Kylie, un transformista gato de Tucson que probablemente sea el mejor hacker. La solemos subcontratar con regularidad porque su pareja es lobo y confiamos en ambos.

—¿Qué sucede, Kylie?

—He estado monitoreando la web oscura por la situación entre Charlie y Adele y apareció algo.

Una banda de acero me aprieta el pecho. El mes pasado, Charlie, la pareja de mi hermano, fue secuestrada cuando unos traficantes de droga la confundieron con Adele después de que el socio de Adele, Bing, se metiera en problemas de droga y luego lograra que lo maten.

—¿Qué pasó? —Me ahogo.

—El cartel piensa que Adele tiene las drogas de Bing. Sacaron una orden de captura.

La adrenalina me golpea tan rápido que casi me transformo. Hiervo de calor y mi visión cambia por un momento. No sé si o cómo terminé la llamada con Kylie, todo lo que sé es que la necesidad de proteger a mi pareja me saca a toda velocidad de la oficina para encontrarla.

—Necesito un avión a Taos para las 1800 horas, —le ladro a Lance.

—¿Quién irá a bordo? —me responde rápido, sacando el celular.

—Adele y yo.

Su postura se relaja como si pensara que la estoy

llevando de luna de miel, lo que me hace pensar en levantarlo de la garganta y sacudirlo.

—La está persiguiendo el cartel, —le gruño.

Vuelve a su modo de urgencia y se lleva el teléfono a la oreja, presuntamente para llamar a Teddy, el transformista oso que usamos como piloto.

Adele se queda helada en frente de la cocina con los ojos verdes bien abiertos.

—¿Qué dijiste?

—Creen que tienes las drogas de Bing. Te trasladaré. —Tomo su codo—. Vamos, tenemos que irnos.

—Espera, no puedo sólo...

—Yo lo limpiaré, Adele —ofrece Sadie rápidamente.

—Sí, nos encargaremos. —Concuerda Charlie mientras frota su panza de embarazada—. Ve. Deja que Rafe se encargue.

* * *

Adele

La presunción de que Rafe vendría y me salvaría me irrita. Creo que es el resultado del mismo orgullo que evita que acepte ayuda de mis amigos. Quiero ser capaz de resolver problemas sola.

Por otra parte, estoy segura de que no puedo enfrentarme a un cartel de drogas si me están persiguiendo.

Rafe me pasa mi abrigo y lo sigo hacia su Humvee.

—¿Adónde vamos?

—Fuera del estado. —Me abre la puerta del pasajero y prácticamente me levanta para entrar. Cielos, el tipo es fuerte. Como, extremadamente fuerte. No sé ni cómo es posible—. A algún sitio donde podamos ocultarnos hasta que pueda ocuparme del cartel. —Se abrocha el cinturón de seguridad y cierra de un portazo.

—¿Cómo te encargarás del cartel? —Le pregunto cuando se sube.

Cuando me mira, sus ojos brillan de un color verde, y por un momento, me recuerda a un animal feroz. Me recuerda al hecho de que este hombre probablemente mate en su vida diaria.

Un escalofrío me recorre la espalda. Definitivamente no querría estar peleada con Rafe y su equipo. Mi irritación inicial con lo controlador que es Rafe se desvanece, y es reemplazada por gratitud ante su voluntad de protegerme.

—Gracias, —digo en voz baja mientras uno mis dedos temblorosos para calmarlos.

Rafe ya ha partido a toda velocidad y conducimos rápido montaña abajo. Me observa, con las cejas hacia abajo, y mirada perturbada.

—No dejaré que nada te suceda, Adele, —jura y le creo.

Por primera vez en mucho tiempo, se me ocurre que no tengo que hacer todo sola. Puedo dejar que la gente me ayude cuando se ofrecen. Pero igual estaba dejando que Bing me ayudara a abrir *The Chocolatier* y ahora mi vida está en peligro. Y no sé qué carajo querrá Rafe a cambio.

De hecho, esa idea no parece real.

Rafe no es el tipo de hombre que pide cosas a cambio. No hace transacciones. Lo mueve un sentido de honor y obligación. Protegería a cualquiera que esté en su esfera. De eso estoy segura.

Me estiro para tocar su antebrazo, que está anudado como si estuviera en una pelea sobre el volante.

—Estoy feliz de tenerte de mi lado.

—Siempre, —jura, como si fuera un hecho. Aunque no somos pareja. Aunque no me conoce hace tanto y la mayoría de nuestras interacciones han sido combativas. Me mira con ardor otra vez—. Nunca dejaré que alguien te haga daño, —dice con convicción.

Me recuerda cómo se abrió la noche que tuvimos sexo y siento la necesidad de recordarle,

—No sería tu culpa si alguien lo hiciera.

Quise que las palabras fueras reconfortantes, pero lo que logran es enfurecerlo aún más. Sus labios se retraen de sus dientes como si estuviera listo para matar a cualquiera que me lastimara.

—Rafe, —acaricio su brazo de arriba a abajo—. Sólo no quiero ser tu responsabilidad.

Inhala una respiración profunda y luego una sensación de poder y calma lo acompaña cuando exhala.

—Lo que tengo que hacer es protegerte. —Levanta una mano para frenar mi protesta—. Espera. Déjame terminar. Es una necesidad, Adele. Pero también es un honor.

—Guau, —me aclaro la garganta. No sé qué he hecho para ganarme el respeto de Rafe, pero de pronto me siento más a salvo y cuidada de lo que me he sentido en la vida—. Gracias. En serio.

Rafe nos lleva al pequeño aeropuerto de Taos y estaciona. Encuentra un avión pequeño que debe reconocer porque toma mi mano y me lleva hacia él trotando.

Tengo tacones y un sostén de encaje con tiras finas que ofrece poco apoyo para mis senos, así que no me veo muy bien corriendo.

—Espera, —grito.

En vez de ir más lento, Rafe gira, me levanta en sus brazos y corre mientras me lleva, como lo hizo esa noche que me deslicé por el camino. Debo admitir que se siente bien que te lleven.

Casi puedo ver a *Mémère* asintiendo con arrogancia.

Como si hubiera orquestado todo esto como mi ángel de la guarda para mostrarme que tengo apoyo.

Que no tengo que hacerlo todo sola, aunque eso eligió ella.

Nos subimos al avión y Rafe se toma su tiempo de abrocharme el cinturón. El piloto es un tipo enorme con un corte rapado militar. Me muestra un pulgar en alto y sonríe.

—¿Adónde vamos? —pregunto porque su respuesta tan general de la última vez no me dejó satisfecha—. Sé que estás acostumbrado a que tu equipo te siga a ciegas, pero me gustaría saber adónde me llevas.

—Tenemos una cabaña de esquí en Utah. No deberían poder encontrarte allí.

* * *

—Guau. ¿Este lugar es tuyo? —le pregunto.

—Algo así. Lo compramos con un conglomerado con un par de amigos nuestros.

Rafe abre la puerta principal de lo que llamó una «cabaña de esquí» pero en realidad es una mansión. Los pisos son de madera clara y brillante, pulidos a un brillo de mármol, y el edificio se extiende en todas las direcciones. El comedor tiene un hogar suspendido en el centro de la habitación, con otra pared de ventanas como en la casa de Rafe en Taos. Claramente le gusta traer la naturaleza adentro.

Un tipo que luce como militar nos encuentra en la pista en Utah y le da a Rafe un juego de llaves de un Jeep. Y manejamos otra hora hacia las montañas para llegar allí.

—¿Amigos? —pregunto, mirando boquiabierta los techos abovedados—. ¿Están aquí? ¿Aquí viven?

—Nah. Tienen su propio hogar en Tucson. Sólo seremos nosotros.

Se me ocurre que Rafe es algún tipo de multimillonario, lo que no concuerda con lo duro que trabaja y lo serio que parece. O sea, ¿por qué tendría este increíble refugio de esquí si nunca puede descansar? Es difícil imaginarlo si quiera sabiendo cómo disfrutar.

El refugio es hermoso. Como su complejo en Taos, la construcción y los muebles son caros sin ser demasiado ostentosos. Son funcionales, pero con todas las comodidades más placenteras.

Rafe se dirige a la cocina con una hielera grande que probablemente podría enrollarse. Me acerco a las ventanas sólo para descubrir que en realidad es una pared retráctil. Ahora está oscuro, pero la luna está llena e ilumina el bosque nevado. El vapor sale del otro lado de la esquina. Abro la pared y la empujo con un chasquido para ir afuera e investigar.

—¡No salgas afuera con esas botas! —me grita Rafe desde la cocina, donde ha estado guardando la comida de la hielera que aparentemente vino con el vehículo—. Podría haber hielo.

Pongo los ojos en blanco y lo ignoro; le cierro la puerta a su voz. El aire está helado, pero está demasiado hermoso como para que me importe. Veo que la fuente del vapor es un enorme jacuzzi que luce natural debajo de dos piedras, como si fuera una piscina de aguas termales en la naturaleza. Le saco la cubierta y prendo los chorros, lo que envía una cascada de agua que baja por las piedras en una catarata caliente.

Es glorioso. Totalmente incitante.

No estoy segura de si quiero torturar o recompensar a Rafe cuando decido quitarme la ropa y meterme. El agua caliente sorprende a mi piel fría, pero se siente tan bien.

Gimo con suavidad mientras me hundo hasta los hombros y mis rizos flotan en el agua.

—¿Adele? —la voz cortante de Rafe vocifera en la noche fría.

Suspiro y por una vez desearía que no estuviera tan nervioso. Estamos en otro estado. Lejos del cartel de drogas. Estoy a salvo. Me gustaría ver que Rafe se relaje. Descubrir cómo es en realidad. ¿Cuál es su personalidad real debajo de ese exterior de sargento gruñón?

—Aquí mismo, digo con suavidad.

—¿Qué estás... —Da vuelta la esquina y se queda helado cuando logra verme. Su mirada pasa por mis botas, mi abrigo y la ropa tirada sobre el borde y llega hasta mí en el agua. Levanta mi sostén y lo frota entre sus dedos como si fuera una estola de visón, y de pronto deseo que me lo quitara como lo hizo la última vez. Me encanta que aprecie mi lencería tanto como yo.

—Lucía demasiado tentador como para dejarlo pasar.

Los ojos de Rafe brillan en la oscuridad.

—Yo, —se ahoga—. Tú...

Levanto una ceja sin molestarme en esconder la sonrisa que me provoca lo que causé en él.

—¿Qué sucede, Rafe?

—No puedes estar aquí a fuera sola, *desnuda*.

—Ah, creo que estaré bien. ¿Dijiste que sólo éramos nosotros dos, no?

—No es seguro, —dice entre dientes.

—Estás aquí conmigo, ¿verdad?

Mira para todos lados, escaneando la oscuridad como si pudiera ver en ella. Por un momento lamento atormentarlo porque puedo ver lo serio que se toma protegerme. Quizás no se trate de mi desnudez, y en serio esté preocupado por mi seguridad. Ahora necesito saberlo con certeza. O quizás sólo deseo que sea lo anterior. Me levanto un poco en el agua y le ofrezco una vista de mis pechos.

—¿Te sentirías mejor si entraras conmigo?

Definitivamente estoy jugando a la seductora, algo que no debería hacer. Algo que decidí que era una mala idea. Pero la necesidad de ayudar a que Rafe se relaje está por encima de mi sensatez.

—¡No! —balbucea, pero avanza con propósito. O se me unirá o me sacará. No estoy segura de que él ya sepa cuál.

—Rafe. —decir su nombre hace que su mirada se clave en la mía y su concentración es clara—. Entra.

Sus fosas nasales se mueven cuando inhala con fuerza, y luego sé que he ganado porque sin dejar de mirarme, se saca la ropa y entra en el agua con el pene parado.

Nunca antes tuve un efecto así en un hombre. Es una sensación poderosa saber que se siente tan atraído hacia mí. Aunque no es menos poderosa que mi atracción hacia él. Me levanto y lo encuentro en el medio de la piscina; mi boca toma la suya al mismo tiempo que mis senos mojados se deslizan sobre su pecho firme.

Gime contra mis labios, como si cada caricia fuera una tortura. Quizás sea porque de pronto nada me alcanza. Pongo mis brazos alrededor de su cuello y presiono mi cuerpo contra el suyo, sintiendo el empujón de su erección contra mi barriga.

Él hace un sonido desesperado; su lengua se desliza entre mis labios, sus manos presionan mi trasero en el agua.

Mi cuerpo se enciende en cada punto de contacto con él, como si estuviera despertando a mis células dormidas. De pronto no tengo idea de por qué me he estado resistiendo a esto con Rafe. Sería una locura no entregarme. No puedo imaginar tener este tipo de química con otra persona en el mundo. Él me empuja contra la pared de piedra del jacuzzi.

—Adele, —murmura entre besos brutos—. Necesito sacarte de esta piscina empapada.

Detengo el beso y levanto las cejas.

—¿En serio crees que estamos en peligro aquí afuera?

Me lleva de nuevo hacia él.

—*Soy* peligroso. Para ti. Necesito ponerte en una superficie más suave.

Me río contra sus labios mientras sale y me lleva en brazos hacia adentro, y deja nuestra ropa sobre el borde del jacuzzi.

Me lleva a la habitación con una cama King gigantesca en el medio y otro hogar colgante cerca de la ventana con dos sillas cómodas. Presiona una tecla y las llamas en el hogar cobran vida.

Rafe me deja en el medio de la cama y comienza a besar mi cuerpo hacia abajo, desde mi clavícula en dirección a mi esternón, luego a mi barriga, y se detiene en el centro de mi sexo.

—No tengo preservativo, —admite en una voz áspera.

Rafe

Reclámala.

Mi lobo sólo tiene un deseo. La luna está llena, y estoy demasiado nervioso como para estar tocando a Adele, pero es imposible detenerme.

—Está bien, tomo pastillas y no tengo nada. No he estado con nadie más que tú en más de un año.

—Gracias al cielo. —Ay, ¿dije eso en voz alta? Bueno, el

sentimiento es real. No estar dentro de Adele me mataría en este momento—. Yo tampoco tengo nada.

Reclámala.

La lamo y me vuelvo a familiarizar con sus pliegos suaves, el sabor fuerte de su esencia. Su piel es sigue estando caliente y mojada de la piscina, lo que me da aún más ganas de reclamarla. Como si fuera una de sus entradas atractivas, recién salida del horno.

Hago círculos con la lengua alrededor de su clítoris hasta que se alarga los suficiente como para poder poner mis labios alrededor y succionar. Ella grita, llenando la habitación con el sonido más dulce.

Con cada latido de mi corazón, siento que el destino se apresura para morderme los talones. Para obligarme a reclamarla.

Pero no he logrado proteger a mi equipo y a mi manada todo este tiempo sin un montonazo de disciplina. Puedo hacerlo.

Puedo satisfacer a mi mujer sin reclamarla.

Reclámala.

Mi lobo necesita irse a la mierda. Esto es para Adele, no para mí. No puedo reclamarla. Ya la vuelvo loca con mi necesidad de protegerla y no estamos en una relación.

Esto es para Adele, me repito en silencio mientras la trepo y arrastro mi miembro entre su flujo. Empujo hacia su interior y ella se arquea y se queda sin aliento.

Me obligo a detenerme.

—¿Demasiado?

—No, —jadea mientras toma mis hombros. Cuando sus uñas marcan mi piel, empujo pero intento contenerme de embestir con todas mis fuerza como si su dulce vagina pudiera salvarme la vida.

Quizás lo haga. Cierro los ojos y me obligo a ser lento y regular.

Ignoro las paredes que se deshacen a mi alrededor. Dentro de mí. El cambio de mi propia esencia simplemente por fusionarla con la de ella. Me muevo en su interior y ella se balancea para encontrar mis embestidas, un baile perfecto. Apoyo las manos en el cabezal que está por encima de ella y mantengo los colmillos alejados de su dulce piel iluminada por la luna. Cada sonido que hace me enloquece más, pero de algún modo logro mantener el control aunque penda de un hilo. Veo cómo sube la tensión, escucho cómo el timbre de sus gritos se eleva. Es belleza y éxtasis. Es todo lo que me hacía falta. Es la vida misma.

Ella grita cuando acaba. Envuelve mi espalda con esas piernas largas y me mantiene adentro. La lleno con mi esencia y creo que sólo eso evita que le clave los colmillos en su piel perfecta y la reclame como mía para siempre. Mi lobo está apaciguado porque la marqué con mi esperma. Dejé mi aroma en todo su cuerpo, al menos de forma temporal.

Ni bien acabamos los dos, me bajo de encima para controlarme. En el baño, los ojos de mi lobo me miran desde el espejo, un verde ambicioso.

Reclámala.

Niego con la cabeza mirando mi reflejo y respirando lento hasta que mis ojos vuelven a cambiar a marrón. Pero incluso entonces no me animo a volver a su lado.

* * *

Adele

Y ahí se va lo de no hacerlo con el jefe.

Rafe desaparece en el baño después del sexo mientras

me deleito en la gloria del momento. Mi cuerpo está bien satisfecho. La última vez no fue sólo casualidad. Ahora puedo confirmar con toda certeza que mi química con Rafe es fuera de serie.

Y ahora que entiendo mejor lo que lo irrita, que su necesidad de controlar y sobreproteger vienen del trauma del asesinato de sus padres, sólo siento compasión por él. Ser mandón es su forma de intentar mantener a todos los que quiere a salvo. Y me da la sensación de que ya me ha aceptado en ese grupo externo, uno más en el rebaño que debe proteger, que tiene miedo de acercarse más.

Sufrió demasiadas pérdidas como para querer arriesgarlo todo.

Salgo de la cama y reviso los cajones, donde encuentro una pila ordenada de camiseta blancas. Me paso una por la cabeza y busco a Rafe.

Lo encuentro para en calzoncillos en la cocina, con dos vasos llenos de agua.

—Ey, —me dice en voz baja y me pasa un vaso. Lo acepto y bebo—. ¿Tienes hambre? ¿Comiste antes de que saliéramos?

—Sí. ¿Y tú?

—No lo suficiente, —le da una mirada funesta al refrigerador—. Desearía que hubieras traído tu festín con nosotros.

Me encojo de hombros.

—Estoy aquí. —Quise decir que podría cocinar algo más, pero sus ojos brillan y su expresión se vuelve hambrienta, como si el sexo que tuvimos recién no estuviera ni cerca de saciarlo—. Encontré el porqué de todos nuestros problemas, —le digo.

Él arquea las cejas.

—¿Ah, sí? ¿Cuál es?

—La muerte de tus padres te vuelve sobreprotector y la

falta de apoyo de los míos me hace no querer aceptar ayuda.
Somos la receta para el conflicto.

Invade mi espacio y su mano se apoya ligeramente en
mi cadera.

—¿Tus padres no te ayudaron?

—No es así. Me amaron. De chica tuve todo lo que
necesité. Pero no apoyaron mis sueños. Querían que fuera
doctora como ellos. Piensan que lo que hago es algo menor.
La única persona que me apoyó fue mi mémère. Abrí *The
Chocolatier* con la herencia que me dejó. Estaba trabajando
duro para probar que se equivocaban, pero...

Las cejas de Rafe se bajan de repente.

—Ah recuperarás tu tienda, —dice con convicción—. Lo
que pasó con Bing no fue tu culpa. Lo sabes, ¿verdad?

—Yo soy la idiota que tuvo de socio a un tipo que se
drogaba.

—Ah. Otra razón para no aceptar ayuda ahora, ¿no?

Le dedico una sonrisa triste.

—Eso probablemente sea verdad. Aunque el peso en mi
pecho baja y pienso en lo que necesito para volver a abrir
The Chocolatier. —Trabajar para ti ayuda, —le digo—. No
me percaté de que Bing no había estado pagando el alquiler,
así que estoy endeudada. El propietario no me deja entrar
hasta que haya pagado todo.

Rafe no luce sorprendido.

—¿Cuánto debes?

—Diez mil. Así que pensé que podría seguir trabajando
para ti por un mes y luego regresar. —Me estremezco un
poco porque pienso que se ofenderá, pero hay algo de satisfacción en cómo me mira. Me quedo quieta—. Espera... ¿ya
sabías todo esto?

Él inclina la cabeza hacia el costado y me observa.

—¿Por eso me ofreciste el trabajo?

Cuando no responde de inmediato, sé que tengo razón. La parte orgullosa de mí está enfadada, pero la sobrepasa la gratitud. No sé por qué Rafe se interesó en mí, pero no puedo negar lo bien que se siente ser vista. Que se ocupen de ti.

Ser amada.

Rafe pone su frente contra la mía. Sus labios están tan cerca que es difícil concentrarse.

—Entonces... —su voz tiene una cadencia persuasiva y la mano en mi cadera se ha deslizado hacia adentro del dobladillo de la camiseta larga—. Ahora que has identificado nuestros problemas, ¿me dejarás ayudar?

—Sigo aquí, ¿no?

Su sonrisa se vuelve traviesa.

—Como si tuvieras elección.

Intento empujar contra su pecho sólido como piedra, pero no se mueve.

Él me atrapa con un brazo detrás de mi espalda y lleva mi cuerpo hacia el suyo.

—Te ayudaré a abrir la tienda. ¿Me dejarás?

Me quedo sin aliento. Mi instinto es decir que no, pero eso es sólo un hábito. Poner barreras y negarme a todo lo que no sea un trato. Los ojos de Rafe se achinan con sorpresa mientras me ve debatirme.

—Quizás, —digo finalmente.

Deja salir un resoplido de risa antes de rozar sus labios con los míos.

—Aceptar ayuda no es una debilidad. Es una fortaleza. Que esto no sea raro para ti.

Le doy otro empujoncito jugando.

—¿Me estás diciendo rara? Esto dice el tipo que se quita la camiseta para luchar con sus subordinados en la nieve durante la cena. Eso es maduro.

—Eso no es raro, —me dice, pero en su rostro se ve la risa y me encanta lo joven que lo hace verse. —Eso es normal para nosotros. Supongo que te parecería extraño. Lamento haberte incomodado. Me cuesta mucho mantenerme racional cerca de ti.

Quiero tomarlo como un cumplido, pero Rafe parece ponerse serio, como si no le gustara su reacción ante mí. Pero supongo que para un tipo que quiere tener el control, enamorarse podría sentirse como deslizar en hielo negro en una camioneta vieja con llantas lisas.

Se siente un poco así para mí de todos modos y no tengo los problemas con el control que él sí. Estiro la mano y entrelazo los dedos con los suyos. Quiero decirle que me estoy enamorando, pero sé que eso empeoraría la lucha interna que está teniendo, así que en vez de eso lo guío de nuevo hacia la habitación, lista para otra ronda.

Capítulo Nueve

R*afe*

Me levanto temprano para transformarme porque quedarme en cama con Adele anoche me tuvo medio salvaje y despierto casi todo el tiempo. Le di placer dos veces más antes de dormir y mirarla acabar puede ser uno de los puntos más destacados de toda mi vida.

Quizás debería reclamarla. Los chicos tienen razón. No puedo seguir así mucho tiempo; terminará siendo un desastre. En el mejor de los casos, me matará en serio. En el peor, lastimaré a Adele o a algún otro ser amado.

Sí, la amo. Los transformistas no pensamos en términos de amor. Ponernos en pareja es algo más biológico para nosotros, pero estoy empezando a entender cómo se sienten los humanos. Va más allá de la atracción física. Es la necesidad de estar cerca de ella. De escuchar el sonido de su voz, de aprender las complejidades de lo que la hace tan especial.

Encuentro nuestra ropa todavía en el borde del jacuzzi, congelada en tablones de madera y me vuelve salvaje otra vez pensar en lo que tendrá puesto Adele ahora mismo.

Junto la ropa, quejándome en voz alta por el otro sensual conjunto de sostén y bragas que esta vez tienen lunares azul marino y blancos. Cuando entro, me pongo algo de ropa y dejo la congelada en la lavadora. Luego sigo el aroma hacia la cocina, donde encuentro a Adele sin nada más que mi camiseta otra vez.

Está haciendo suyo el espacio, moviéndose como si fuera la jefa. Es obvio que tengo el pene duro, pero mi boca también se hace agua por los olores que salen del horno y hay algo menos físico y más general que me moviliza todo el cuerpo y me une a sus cuerdas invisibles.

—Huele delicioso. ¿Qué estás haciendo?

Adele me regala una sonrisa sensual por encima del hombro.

—Salchichas, hongos y *frittata* de espinaca. —Sus ojos recorren mi cuerpo de arriba a abajo. Tengo unos pantalones deportivos y una camiseta, pero su mirada se enciende y le debo parecer sugerente. ¿La pareja humana de un transformista reconoce algo del aroma del otro?—. ¿Tienes suficiente apetito?

—Siempre tengo hambre cuando estás tú, —admito con voz áspera. Tomo su nuca y traigo su rostro hasta el mío para darle un beso ardiente.

Sus labios forman una sonrisa cuando me separo.

—Cinco minutos, —ella me muerde el pecho a través de la camiseta.

—Me daré una ducha rápida, —le digo—. Puse nuestra ropa en la lavadora. No es que quiero que te pongas algo.

Si de alguna forma pudiera mantener por siempre esa sonrisa que me dedica, lo haría. Ilumina mi interior como un incendio forestal, demoliendo cada resistencia en su camino.

¿Por qué no la he reclamado?

Porque perderla me mataría, me recuerdo.

Pero no tenerla también me está matando.

Me llama Lance pero estoy por entrar a la ducha. Pienso en no responder, pero soy el alfa. No puedo ignorar a los miembros de mi manada.

—¿Qué sucede? —gruño en el teléfono.

—Estamos por atacar al cartel, —dice Lance.

—¿Qué? No lo harán sin mí.

Lance hace un ruido de desestimación.

—No te necesitamos. Sólo son humanos. Nos enteramos de dónde operan. Tienen una mansión fuera de Santa Fe. Channing, Deke y yo estamos camino allá ahora mismo. Nos encargaremos de eso. Mantén a tu pareja a salvo hasta que hayamos eliminado la amenaza.

—Negativo. Esperen mis órdenes. Repito...

Lance corta la llamada.

Hijodeperra.

Lo vuelvo a llamar y el maldito lo deja ir a buzón de voz. Realmente voy a matarlo por romper la cadena de mando. Incluso furioso entiendo lo que hace. Mi manada está intentando cuidarme a mí para variar. No lo soporte, igual que Adele no soporta que la cuide. Pero aceptar ayuda es un regalo tan grande como recibirla. Cada vez que Adele me deja ayudarla, apacigua a mi lobo. Quizás no sea exactamente lo mismo con mi manada, no son mi pareja, pero puedo entender por qué querrían hacer esto por mí.

Por nosotros.

Al igual que yo haría cualquier cosa por ellos.

Aprieto los dientes y me meto a la ducha. Estoy seguro de que pueden manejarlo solos. Están bien entrenados y son casi indestructibles. Definitivamente saben lo que hacen. Pero igual algo me perturba en algún lugar de mi mente. Algo de todo esto no se siente bien.

* * *

El extraño

Amenazaron a su pareja. Estos criminales insignificantes drogados con sus propias sustancias. Ni bien la alerta entró en los canales de la web oscura que perseguían a sus hackers, él supo que ella estaba en peligro. Sus ojos se entrecerraron, su columna vibró con la llegada inminente del monstruo.

Nadie amenaza a su pareja y vive.

Les llevó algunas horas a sus cazadores encontrar la sede central del cartel. Otro día para considerar el final del cartel. Tenía un ejército a su entera disposición, ¿pero por qué tendrían el placer de destruir a los condenados? ¿De demoler el complejo del cartel por completo? El cartel amenazó a su pareja. Esto era personal y requería una solución personal.

Había un monstruo en su interior. Era hora de dejarlo salir.

El vuelo hacia la sede central del cartel fue sencillo. Partió desde un helipuerto cercano y unos minutos después estaba rondando por encima de su mansión. El aire azotaba su rostro, aromatizado con álamo temblón y yesca de pino para el fuego que encenderían. Mientras se acercaba, el viento torcía los muebles del jardín. Encima del techo, la chimenea de piedra tembló.

Se tomó un breve momento para saborear la destrucción del cartel. Una respiración profunda y luego... la llama purificadora.

Fue trabajo de un sólo momento. No portaba ningún arma, él era el arma. Como las conquistas de antaño: los objetivos conocían su ira y su poder glorioso un segundo antes de morir, consumidos en el fuego.

Una vez pasado el fuego, los gritos de los moribundos

llenaban el aire. El humo gris que emanaban los restos de la mansión del enemigo, como incienso que emerge del incensario de un cura.

Otra pasada, y las correntadas de viento aplastaban el césped del jardín, arrancaban los árboles, avivaban las llamas que se esparcían rápido. Él fue paciente y detallista. Su flama trazó un camino por la mansión del cartel y transformó el centro en un infierno. El fuego azul incineró la madera y agrietó las piedras. Transformó el vidrio en arena. Transformó a la mansión y a los seres vivos dentro de ella en carbón y ceniza.

Y luego: dichoso y santo silencio, interrumpido sólo por el fuerte viento. El epicentro de su destrucción era un agujero ennegrecido. ¡Triunfo!

Había extinguido las vidas del enemigo tan rápido se apaga una vela. La amenaza hacia Adele ya no existía y él había sido el que acabara con ella. No el lobo Alfa que pensaba en protegerla. Habían llegado tarde a la cacería. Ya no había ser vivo para que la manada de lobos matara. Muy pronto lo descubrirían.

El chillido de las sirenas de los vehículos humanos de emergencia hizo eco en las nubes. Pronto el mundo sabía lo que le ocurre a cualquiera que se atreviera a amenazar a su amada. ¿Y el lobo transformista que se atreviera a pensar que Adele era suya? Lightfoot pronto sabría la verdad.

¡Ella es mía!

Protegería a Adele. Ella le pertenecía, no al lobo. Lightfoot había servido su propósito: su instinto le había dicho que cazara al lobo y su instinto había estado en lo correcto. El lobo Lightfoot lo había llevado a Adele. Tras años de búsqueda, finalmente había encontrado a la única mujer en el mundo para él. Había sido paciente, esperado su tiempo aprendiendo más sobre ella para poder conquistarla como se debe, siguiendo los rituales de su gente. Pero ahora no había tiempo.

Sin el cartel, sólo restaba un obstáculo en su camino: la manada de lobos. Y estarían distraídos con este movimiento repentino de un jugador presente-invisible. Mientras se escurrirían por el suelo como hormigas en una colina arruinada, él volaría a Utah. Sin Rafe, el camino estaría allanado para conocer a Adele.

La destrucción del cartel sirvió dos propósito: para remover la amenaza a Adele y al Alfa molesto de su lobo guardaespaldas de su cercanía. Un movimiento: dos resultados satisfactorios. Así fue cómo jugó el juego.

El sabor a humo se quedó en su boca mientras tomaba la última parte de su vuelo.

Era hora de conocer y de reclamar a su pareja.

Adele

Después del desayuno y de otra ronda alocada en las sábanas con Rafe, le suena el teléfono. Frunce el ceño y se abalanza sobre la mesa de luz en donde está.

—Maldito, —dice cuando lo atiende—. Me colgaste otra vez y... *¿qué?* —Rafe sale volando de la cama. Escucho los tonos fuertes y bruscos de alguien al otro lado de la línea, creo que Lance.

—¿Quién los mató? ¿Qué? No te escuch... *¡mierda!* — Rafe sigue dándome la espalda mientras se inclina sobre su teléfono—. ¿Lance? Se entrecorta. ¿Qué sucede? —Vuelve a maldecir y se lleva el teléfono frente a la cara. Escucho un tono de llamada en altavoz que va derecho al buzón de voz —. ¡Carajo, carajo, carajo! —repite.

—¿Qué pasó? —le pregunto.

Cuando voltea sus ojos tienen ese brillo extraño en ellos.

—Me tengo que ir. —Tira de un par de vaqueros que encuentra en un cajón.

—¿Qué? Bueno, ¿pero qué está sucediendo?

—Es el cartel. Lance y los chicos los localizaron y avanzaron esta mañana en contra de mis órdenes directas. —Rafe pasa una mano sobre su mandíbula endurecida mientras camina hacia la cómoda para buscar una camisa—. Se perdió la conexión. Dijo algo de que había matado al cartel, pero que tenía que estar allí de inmediato. Estaba gritando algo urgente, pero no pude entenderlo.

Yo también salgo volando de la cama.

—Bien, puedo estar lista en dos minutos.

—Oh, no. —Rafe se detiene y me señala—. Tú no irás a ninguna parte. —Sus ojos brillan con una advertencia de peligro—. No es seguro.

Estoy segura de que tiene razón, pero su tono me irrita. Levanto el mentón.

—¿Y qué? Se supone que me quede aquí mientras tú...

—Eso es exactamente lo que harás. Te quedarás justo aquí. Aquí estás a salvo. Nadie conoce este escondite. No puedo preocuparme por ti y por mi manada, quiero decir, mi equipo, al mismo tiempo. ¿Entendido?

Realmente quiero arrancarle la cabeza.

Esta cosa de ser mandón ya no tiene gracia.

Pero Rafe está casi desquiciado por la preocupación. Las líneas de tensión rodean su boca y los músculos de su cuello y espalda sobresalen con un relieve marcado mientras se pone la camiseta.

—Esto fue un error —murmura. Sus ojos verdes brillan mientras me mira—. No puedo lidiar con distracciones.

Bueno, disculpa. No me di cuenta de que fui una

distracción. Cruzo los brazos sobre el pecho. Si me abrazo con la fuerza suficiente, podré sostener a mi corazón roto.

Termina de vestirse y se acerca. Su sombra me cubre y me tiemblan los brazos, esperando rodear su cintura.

—Volveré ni bien pueda. Te llamaré cuando sepa algo más. Mantén las puertas cerradas. No salgas de este refugio, ni siquiera para ir a la piscina.

Lo mira con furia.

Sus labios se tensan.

—Promételo.

—Bien.

—Gracias. —El alivio en su voz es evidente y me hace sentir mejor acerca de ceder cuando está siendo un imbécil. Me besa fuerte y luego voltea y se marcha.

* * *

Rafe

Teddy me vuela al aeropuerto de Santa Fe y conducimos a la última dirección que tengo de los celulares de mis compañeros de manada. Todavía no he podido contactar a ninguno. Teddy conduce mientras yo uso el teléfono, intentando llamarlos, y tomando la manija de mierda con tanta fuerza que le dejo la huella de mi palma.

Lance había gritado algo acerca de que el cartel había sido brutalmente asesinado y luego, «Ay, por Dios, no vas a creerlo» pero eso fue todo lo que entendí además de «Rafe, ven aquí». El hecho de todavía no se haya comunicado me asusta muchísimo.

—¿Cómo te sientes, amigo? —Teddy me echa un vistazo.

Se me tensa la mandíbula y reviso mi celular una vez más, actualizándolo para ver los mensajes. Nada.

Se escucha un chasquido y estoy sosteniendo las piezas de la manija de mierda en la mano. Bajo la ventana y las arrojo hacia afuera.

Si algo le pasara a Lance, nunca me lo perdonaría. Adele es una maldita distracción; perdí toda la concentración con ella y esta vez puede haberme costado mi equipo. Este es mi castigo por pensar que podría tener pareja. No puedo tener pareja.

Nunca podré tener pareja.

—Ya casi llegamos —murmura Teddy. Y mi teléfono revive en mis manos; suena con las notificaciones. Una decena de mensajes de Lance, pero no tengo tiempo de leerlos porque Teddy está maldiciendo y diciéndome que mire. Más adelante hay una barrera de dos camiones de bomberos y muchos vehículos militares. Están bloqueando el camino con sus linternas que iluminan los restos de lo que solía ser la mansión del cartel.

Parece que hubiera detonado una bomba. No, no una bomba sino algún tipo de incendio. El olor a humo ronda en el aire. El centro del edificio ya no existe. Hay un agujero negro donde solía estar la casa. Las marcas del incendio cubren todas las paredes externas. Todo está calcinado pero en un patrón extraño.

El Coronel Johnson está parado en el jardín, con los pies plantado y las manos en las caderas. Lance y los chicos están con él.

Gracias al cielo.

El miedo se transforma en fura mientras me acerco rápidamente.

—¿Qué estás haciendo aquí? —pregunta Lance como si no me hubiera llamado gritando hace dos horas—. Te dije *no* vengas aquí. ¡No vengas aquí! ¿Qué carajo estás haciendo? ¿Dónde está Adele?

Balbuceo y casi empiezo a darles una perorata, pero el Coronel Johnson pone una carpeta en mi mano.

—Fue tu chico Gabriel Dieter. Mira lo que te dejó.

Miro sorprendido a Lance, quien asiente hacia la carpeta. La abro. Adentro hay un informe de nuestra familia. Sobre todo de Lance y yo. Nuestras edades, linaje, estadísticas. La dirección donde vivimos. Donde nuestros padres fueron asesinados.

Me tiembla la mano mientras paso las páginas.

—¿Qu-qué es esto?

—Parece que tuvo algo que ver con la muerte de tus padres. —El Coronel Johnson me sostiene la mirada—. Están cazando transformistas jóvenes.

—¿Quiénes? —Rujo. Estoy a punto de matarlo. A cada uno de ellos. Me vengaré así sea la última maldita cosa que haga.

—No lo dice.

—¿Piensas que Dieter dejó esto? —Volteo la carpeta y veo el mensaje escrito en... mierda, parece que está escrito con una pluma antigua. En una fuente prolija y curva están las palabras,

Rafe Alfa,
¿Quieres venganza? Deja a mi pareja.
–G. D.

* * *

Adele

142

No estoy molesta, me digo a mí misma mientras camino a un lado y al otro de la casa. *Está bien.*

No estoy enojada con Rafe por apurarse en regresar a su casa para cumplir su misión y ayudar a su hermano. Y no hay razón para que esté preocupada. Su trabajo es peligroso, pero puede manejarlo. Es una persona a la que me gusta la adrenalina. Sigo imaginándolo en misiones, tan frío y bajo control como es en su vida normal de todos los días. Dando órdenes como si fuera a pedir una hamburguesa.

Por supuesto que en mis ensoñaciones nunca tiene puesto más que unos pantalones holgados y botas de trabajo. Quizás tenga una bandolera con balas cruzada en el pecho, a lo Rambo, pero más que nada tiene el torso desnudo; sus asombrosos pectorales y abdominales están flexionados y llenos de sudor. Cada uno de sus músculos está perfectamente trabajado con maniobras al estilo Misión Imposible; una necesidad en vez de la vanidad de ir al gimnasio.

Hace que mis partes inferiores estén muy felices cuando vuelvo a imaginarlo una y otra vez. Es casi suficiente para no estresarme por estar horneando tres tipos diferentes de galletas de navidad.

Casi.

No, no estoy enojada de que tuviera una misión. Ni siquiera estoy enojada de lo que dijo en el enojo del momento. *No puedo lidiar con distracciones.* No fue lo más lindo que me han dicho, pero lo entiendo. Durante la misión, preocuparse por mí sería una distracción.

Lo que me molesta es que me trató como a una distracción desde el principio. Puedo lidiar con su forma mandona y nuestras peleas constantes, pero lo que irrita, en el fondo, es cómo Rafe cambia de frío a afectuoso constantemente.

Me acerca, sólo para alejarme. En realidad no me quiere en su vida.

Somos como imanes, atraídos el uno al otro por un momento, y rechazándonos el siguiente.

Después de comer mi peso en masa cruda de galletas, camino por la casa y termino abajo, pasando la cancha de deportes cubierta, la sala de masajes con la pared de sal del Himalaya, la sala de 8 cuchetas, y la pista de bolos. La mansión es tan de lujo que es descabellado. Sería divertido que la nieve te atrape aquí todo el invierno, si estuviera con Rafe. La versión relajada y sin secretos de Rafe. Sé que ese Rafe existe, y he visto destellos de él. Intenso pero no estresado. Dominante pero no controlador.

Antes estuvimos tan sincronizados que su ausencia duele.

Suspiro y me dirijo desde el vestuario de esquí hasta el patio al aire libre. Sé que Rafe me dijo que me quedara adentro, pero estoy demasiado impaciente como para estar encerrada y él es demasiado controlador. El mundo cubierto de nieve luce hermoso. Si el cartel estuviera aquí, ¿no sería más probable que me encontrara en la casa que en el bosque?

Afuera en el patio, las baldosas de arenisca de algún modo mágico no tienen nieve. Deben estar calefaccionadas. *Qué sofisticado.* Hasta hay una especie de camino que lleva hacia el bosque y, aunque llevo mis botas con taco poco prácticas, siento que sería una caminata sencilla. Bajo por el camino con las manos bien adentro de los bolsillos.

El bosque nevado es hermoso, tan perfecto y mágico como el paisaje capturado en una bola de nieve. Sigo el camino entre los árboles, frunciendo el ceño mirando a la nada y a nadie, lanzando vapor en el aire helado.

El camino se divide y me voy por la izquierda, siguiendo

las marcas de esquí. Las huellas de las botas me ayudarán a encontrar el camino de regreso. Rafe me dijo que los dueños de la mansión la eligieron por su fácil acceso al centro de esquí. Parece que puedes esquiar hasta la silla y de regreso.

Después de caminar por unos minutos, escucho el zumbido de una silla de esquí y veo las pendientes que van hacia un costado. Guau, la mansión de esquí en serio tiene una ubicación privilegiada.

En frente de la silla hay un refugio para calentarse. Parece una casa del té, construida con madera roja y filas de ventanas de estilo japonés. Hay muchas marcas de esquíes que suben por las escaleras.

Luce tan acogedora que debo entrar. Empujo la puerta y encuentro un fuego prendido con sillas cómodas que lo rodean. El interior es incluso más encantador. El aire es cálido y tostado; mi rostro se descongela un poco y mis hombros se relajan.

Todo en el lugar está listo para ser el anfitrión de un té elaborado con un par de contenedores para galletas escalonadas rellenas con galletas para el té. En el centro de la mesa hay una tetera de cobre asombrosa y elaborada sobre una base redonda. Un samovar, utilizado en lugares como Rusia y Turquía. La tetera está caliente, como esperando que venga un invitado a tomar el té. Me inclino sobre el método inteligente y huelo la mezcla de hierbas extra ricas.

¿Quién calentó la tetera? El lugar está vacío. No hay personal o invitados, sólo las marcas de esquíes y un par de botas que suben los escalones y los vuelven a bajar.

Sería maravilloso tomar el té aquí. Está tan cálido y todo está prolijo y diseñado con inteligencia para el pequeño lugar. Por las ventanas se ve que caen un par de copos de nieve dispersos. Me paro por un momento y aprecio la vista.

—Oh, hola, —murmura una voz educada—. ¿También vienes a tomar el té?

Volteo y observo al hombre alto con un abrigo oscuro que está parado a unos pasos de la puerta. Lleva lentes de sol gruesos que me recuerdan a los de Stevie Wonder. Quizás esté parcialmente ciego.

—Em. Miro la mesa. Está puesta para el té. Obvio, por eso está calentado el samovar y las bandejas están llenas de galletas. —No, esto no es para mí... —las palabras se cortan cuando se quita los lentes revelando ojos oscuros y pestañas gruesas.

Me quedo boquiabierta. El hombre es extraordinariamente apuesto, con pómulos marcados y una nariz aguileña. Tiene la cabeza descubierta y su cabello oscuro brilla bajo la luz con algo de nieve. Sigue de pie fuera de la casa del té, unos escalones abajo. Deja nuestras cabezas al mismo nivel.

—Yo, eh, yo... —Se me calientan las mejillas. Esto debe ser una parte alquilada, lo que quiere decir que estoy interrumpiendo—. Sólo quería ver la casa del té. Se veía tan cálida.

—Sí, hace bastante frío afuera.

Está cayendo un poco de nieve ahora mismo. Se le siente un poco de acento, pero no sé de dónde.

—¿Estabas esquiando? —me pregunta con una sonrisa. Sus colmillos son un poco puntiagudos, pero su sonrisa es encantadora.

—No, en realidad me estoy quedando en una de las casas aquí cerca.

—Ah, entonces somos vecinos, —exclama—. Discúlpame, soy nuevo aquí. No he conocido a muchas personas.

—Sólo me estoy quedando por un tiempo, —respondo—. En la casa que es de los amigos de... un amigo. Supongo que podría considerar a Rafe como un amigo cuando no está siendo un idiota.

—Mi casa está allí atrás. —El hombre señala de forma casual en una dirección detrás de los árboles—. Pero como tú, adoro esta casa del té. Ni bien la vi dije «tengo que tomar el té allí».

—Sí, no te culpo. Me sentí igual. Probablemente debiera irme y dejarlo tomar el té, pero antes de poder decirlo asiente mirando la mesa.

—¿Te gusta el samovar? Es mío.

—¿Esto es tuyo? Es hermoso.

—Y el té está listo. El Chef Giampi está muy orgulloso de sus creaciones. —Entra en la casa del té, de a poco se quita la bufanda color crema. Huele delicioso, a colonia cara. Aunque prefiero la apariencia robusta de Rafe, el aroma a madera y un día de trabajo, puedo apreciar a un hombre hermoso cuando lo veo—. Por favor, debes quedarte a tomar el té. —Su voz tiene el tono de una orden atractiva como las de Rafe a veces, pero no es mandón como el suyo, más bien sedoso.

Es extraño.

—Ah, no, no quisiera entrometerme, —protesto, aunque mi cuerpo ya está cumpliendo con su pedido y caminando hacia la mesa.

—No sería una intromisión, —declara—. Por favor. El chef hizo demasiado para una sola persona, como su *nonna* le enseñó. —Apoya su mano grande sobre su pecho y se inclina un poco—. Por favor, señorita. Me haría un gran honor.

—Muy bien, —digo, con el corazón acelerado. Me siento un poco mareada. Algo acerca de este es un hombre es magnético. Poderoso. Por alguna razón, quiero contarles todo a mis amigas sobre él. Sadie y Charlie están en felices en sus relaciones, pero Tabitha está soltera y este hombre está muy bien. La podría ver con un tipo así. Fuera de lo común, como ella.

—Por favor, —repite, señalando una silla y me encuentro dando un paso al frente.

—Excelente. Se para detrás de mí y me acomoda la silla. Antes de darme cuenta, ya ha servido el té y levanta su copa para brindar con la mía—. A los vecinos. Señorita...

—Fabre. Adele Fabre. Por favor, llámame Adele.

—Adele. —Su voz es intensa y cálida como el coñac. Toma mi mano y se posa sobre ella como si estuviéramos en una película antigua, pero en lugar de besarla, inhala profundamente. Cuando levanta la cabeza, hay una pequeña línea entre sus cejas, pero dice con suavidad,

—Un placer conocerte. Soy Gabriel Dieter.

* * *

Rafe

Ni bien aterriza Teddy, salgo volando del helicóptero. Ahora estoy en el Jeep, haciendo zigzag y tomando cada curva sobre dos ruedas.

No puedo comunicarme con Adele. Salió de la casa. Me desobedeció.

Y en lo profundo de mi interior, mi lobo piensa que es mi culpa. No sé a qué está jugando Dieter, pero mi instinto de lobo me dice que regrese junto a Adele. Cuanto antes.

Nunca debí haberme ido.

Intento llamar a su celular y a la casa mientras tomo la próxima curva con una sola mano sobre el volante. Nada.

¡Mierda!

Me vibra el teléfono y respondo. Es Lance, que me ha

estado enviando mensajes desde que leí la nota y salí disparado de la escena de destrucción.

—¿Te pudiste comunicar con ella? —es lo primero que me pregunta.

—Todavía no.

—Contacté a Kylie, —me responde—. Hay cámaras por toda esa casa y las había apagado por privacidad, pero acaba de hacer un escaneo. No hay señales de calor en la casa.

¡Mierda!

—La nota; estamos bastante seguros de que es de Gabriel Dieter. ¿Pero de qué carajos se trata? ¿Es un transformista? —Se pregunta Lance—. ¿Tiene pareja?

—Tendría sentido, —tomo otra curva mientras aprieto los dientes como si eso fuera a mantenerme en el camino—. Sabía que las balas de plata me lastimarían. De alguna forma tiene información privada.

—Lo que no entiendo es cómo piensa que Adele es *su* pareja. Pensé que era la tuya... —deja de hablar y odio la duda en su voz.

—Ella *es* mía, —gruño tan fuerte que el auto se sacude. Mis ojos ahora mismo deben estar verde brillante.

Hay una pausa.

—¿La reclamaste?

—No.

Mierda.

No puedo tener pareja.

Mi lobo aúlla y tomo el volante con fuerza. Necesito controlarme. Está reforzado, pero ya he arrancado otros antes.

—Comunícanos lo que necesitas. Lance fuera.

Arrojo el teléfono en el asiento del copiloto y me concentro en el camino. Conduciría por el costado de la montaña hacia el bosque nevado si pensara que eso me ayudaría a llegar más rápido.

Le dije que no saliera de la maldita casa. Pero es mi culpa por dejarla. *Nunca más.*

Debo mantener a Adele a salvo.

Ya voy, Adele.

* * *

Adele

El viento de invierno sopla más fuerte. Hay una capa de nieve que cae de las galerías. La temperatura está bajando, pero dentro de la casa del té, estoy caliente y cómoda.

—¿Entonces vives aquí cerca? —le pregunto a mi anfitrión, el Sr. Dieter. *Gabriel*, como insiste que lo llame.

—Sí, tengo una casa. Una adquisición reciente. Todos me decían que tuviera un lugar en Park City, entonces... —señala con una mano casual como diciendo, *entonces me compré una mansión. Pan comido.*

Lo que significa que Gabriel no sólo es tan guapo como un modelo, sino que también es rico. Guardo esta información para contárselos a mis amigas. Tabitha duda de los tipos ricos, probablemente porque su mamá siempre intenta que conozca corredores de bolsa ventajistas, pero este tipo es tan encantador.

Se ha quitado los guantes y el abrigo, pero cambió sus lentes oscuros.

—Discúlpame, —dice cuando lo hace—. Mis ojos, la luz.

—Por supuesto. —No es sorprendente que sus lentes parezcan recetados, los necesita—. Se supone que Park City es muy linda, —digo.

—¿No has visitado la pequeña ciudad?

—No, estoy bajo arresto domiciliario, —bromeo y rápidamente agrego, —estoy bromeando. *Algo así.*

Él inclina la cabeza hacia el costado, pero no parece preocupado.

—El arresto domiciliario puede ser divertido, —dice con suavidad—. Dependiendo de la casa.

—La casa ciertamente es fantástica. Hasta descomunal. —Está por allí. —Señalo detrás de mí—. La casa de estilo moderno, con su propia torre de vigilancia. Y una maldita pista de bolos, pero eso puede no ser poco común por aquí. Quizás todas las mansiones vienen con su propia pista de bolos.

Después de una taza caliente de té, he entrado lo suficiente en calor como para también quitarme algunas capas. Me quito el abrigo, pero me dejo la bufanda que me dio Tabitha, aunque la suelto un poco sobre mis hombros como siempre llevaba mi *mémère* la suya.

—Esa bufanda es encantadora, —dice Gabriel mientras acomoda una bandeja de galletas más cerca de mí—. ¿Te molesta si la inspecciono?

Frunzo el ceño. ¿Inspeccionarla? Está bien, este tipo definitivamente es un poco extraño. Pero no veo que mal podría hacer, así que me quito la bufanda y se la paso. La lleva cerca de su nariz e inhala. —Qué aroma hermoso. Qué decepción que no sea el tuyo.

Este tipo definitivamente es un poco raro.

—Ah, ¿tiene un aroma? Debe ser el perfume de mi amiga Tabitha. Ella me la dio.

—Tabitha, —murmura—. Qué hermoso nombre.

Es hora de un interrogatorio no tan sutil.

—El nombre «Dieter» es alemán, ¿no?

—Y «Fabre» es francés. Aunque nunca sabes en realidad si alguien es realmente francés o alemán por su apellido.

Esta América fue poblada por todo tipo de gente, me he enterado. También soy nuevo en el país, como me imagino que notas. Mi acento me separa.

—No, no, —me apuro en aclarar—. Hablas muy bien.

Gabriel apoya la espalda y brinda con el té.

—Vengo de muchos lugares. He tenido una vida larga y variada. Ahora mismo mi casa preferida está en Italia. *Lario.* Tú le dirías Lago Como. ¿Lo conoces?

—Lago Como, —repito—. Sí.

—¿Has estado allí? —se muestra interesado.

—Eh, no. —Muerdo una galleta de té para darme más tiempo para pensar qué sé sobre el Lago Como. ¿Allí no estaba la mansión donde filmaron la última película de James Bond?—. Escuché que es muy lindo.

—Oh, sí, debes visitarlo.

—Creo que mi amiga Tabitha ha estado allí.

Se inclina hacia adelante.

—¿Sí? —Vuelve a acercar la bufanda a su nariz—. Eso tendría sentido.

—¿Qué quieres decir?

—No tiene importancia. —Se ajusta los lentes.

Una forma oscura entre los árboles me asusta. La cabeza de Gabriel gira.

Un hombre todo vestido de negro se acerca a la casa del té y se detiene en frente de los escalones. No parece un miembro del personal del centro, aunque con los pantalones militares blancos y la chaqueta negra antibalas sí parece una especie de uniforme.

—Señor, —dice asintiendo con seriedad.

—Ah, discúlpame, —me dice Gabriel a mí mientras se levanta y me da una pequeña reverencia—. Debo hablar con mi empleado. Un pequeño asunto.

—Por supuesto.

Gabriel se abriga otra vez y sale a hablar con su empleado. Hago como que ignoro la conversación entre los dos hombres, pero no puedo evitar escuchar la catarata rápida que es la voz imponente de Gabriel. Habla en otro idioma, pero no suena a alemán. ¿Quizás un dialecto? Definitivamente no es italiano.

Le doy dos mordidas más a la galleta y dejo el resto en mi plato. Gabriel termina la conversación más que nada monopolizada por él con una serie de lo que suena como órdenes estrictas.

Le sonrío mientras vuelve y me da otra reverencia.

—Perdona la interrupción.

—Está bien. Probablemente debería regresar a la casa.

Se acerca a mi lado y me acomoda la silla para que me levante. Hasta me sostiene la chaqueta para que me la ponga con facilidad.

—Te acompañaré a tu casa, —anuncia mientras se pone los guantes y viene a mi lado. Señala con una mano—. ¿Vamos?

No hay razón para negarme, así que regreso por el camino y él camina a mi lado.

Cuando llegamos al lugar donde se divide el camino, voy más lento.

—Aquí es donde cambié de dirección, —admito—. Esperaba encontrar la aerosilla.

—Es por allí. —Él hace un gesto y continuamos por el camino correcto, siguiendo las huellas de mis botas.

Se me ocurre algo.

—Esa casa del té... ¿era parte de la montaña de esquí? Asumí que lo era.

—No exactamente, —dice Dieter. Señala un árbol marcado con una etiqueta rosa que no había visto antes—. Este es el borde de mi propiedad.

—¿Eres dueño de todo esto? —digo de golpe y me recupero de mi sorpresa—. Es hermoso. —Estoy guardando cosas en mi memoria para contárselas a Tabitha.

—Eres muy amable. ¿El lugar donde te estás quedando también es hermoso?

—Definitivamente. Está allí arriba. —Señalo la torre de control de la mansión, que se puede ver entre los árboles.

—Ah, sí. El lugar que tiene el conglomerado King. Por supuesto. El Descanso de los lobos, oí que lo llamaban.

—El Descanso de los lobos. Eso es lindo. Mi... amigo... y yo estamos visitándolo mientras ellos no están. —Por alguna razón me sonrojo.

—Una escapada privada. Es muy romántico, ¿verdad? ¿La nieve?

Gabriel no me está mirando, pero siento que algo está mal. No tengo miedo, pero se me eriza la piel.

Me aclaro la garganta.

—No tienes que acompañarme todo el camino. Puedo llegar a casa desde aquí.

—¿Estás segura? Me encantaría conocer a tu amigo. Al lobo de «El Descanso De Los Lobos».

—Eh, —digo porque no estoy segura de cuándo regresará Rafe. ¿Y Dieter acaba de llamarlo un lobo?

—Continuemos, —ordena Dieter y me encuentro avanzando delante de él por el camino. Tiene el mismo aire autoritario que Rafe.

¿Soy un imán de hombres controladores pero hermosos? Tienen suerte de que sean tan lindos a la vista; de lo contrario los sacaría a patadas por la nieve.

Lo que me trae de regreso a mi problema original: Rafe. Apuro el paso, lista para regresar a su lado, aunque no he pensado en que voy a hacer con él.

—Adele, —ruge una voz y Rafe se acerca a toda velocidad por el camino. No lleva abrigo y su mirada está enloquecida.

—Ah, sí —murmura Dieter—. Aquí ha llegado el lobo.

* * *

Rafe

—¿Adele? —mi voz rebota por los techos abovedaos cuando llego a la mansión de esquí. El lugar está vacío.

No está en la cocina y no ha estado aquí por un rato. No siento su presencia en ningún lugar.

Recorro toda la mansión, dejando algunas puertas torcidas con marcas de garras en los marcos. ¿Está enojada conmigo por irme? Se lo compensaré. En la cama. O en la piscina caliente.

Afuera veo que el patio con calor no tiene nieve, pero en el camino se ven las huellas de sus botas. Aunque no llevo abrigo, me interno en el bosque.

Un aroma fuerte ronda en el aire. Es pesado y especiado, con unos dejos ahumados, casi como incienso. La última vez que lo sentí fue en la casa de Gabriel Dieter en el Lago Como. Lo que significa que...

El bastardo está aquí. Adele está en peligro.

Me apuro por el camino y encuentro a Adele y a Dieter.

—Adele, —Rujo.

Parece que no está herida, gracias maldita sea. Se sorprende con mi grito y Dieter está allí mismo, tomándola del brazo y murmurándole algo en el oído. Mi lobo se pone rabioso.

—Aléjate de él, —mi voz es grave. Estoy a punto de transformarme.

Necesito controlarme. Adele no puede saber lo que soy. Una vez que la aleje de Dieter, necesito distanciarme por completo de ella. No soporto que esté en peligro por mi culpa. Esto literalmente me mata.

—Rafe. Este es uno de los vecinos cercanos, el Sr. Dieter. —Al mismo tiempo, se aleja de él y él la deja ir.

—Por favor, llámame Gabriel. —Dieter me sonríe. Su boca se tuerce de una forma cruel—. El Sr. Lightfoot y yo nos hemos conocido. —Habla perfecto, pero tiene más acento del que tenía en el Lago Como.

Freno en frente de ellos y busco a Adele, desesperado por tenerla a salvo a mi lado.

—¿Ah sí? —Adele frunce el ceño por mi forma mandona cuando la alejo de Dieter.

Me pongo entre ella y Dieter. Mi cuerpo grande la bloquea de su vista.

—Carajo, vete bien lejos de aquí, Dieter.

Detrás de mí, Adele se queda sin aliento. No me importa una mierda. Si Dieter me provoca, le declararé la guerra. Aquí mismo, ahora mismo.

Para mi sorpresa, Dieter tira la cabeza hacia atrás y ríe.

¿Qué carajo?

—¿Qué es tan gracioso?

—Es como lo sospeché, —piensa Dieter.

—Vete a la mierda, —le digo.

—Ah, lo haré, —levanta una mano con guante como signo de darse por vencido. No confío en él—. Renuncio a mi reclamo de Adele. Ella no es mi pareja.

—¡Por supuesto que no es tu maldita pareja! —le gruño —. No sé a qué estás jugando...

—¿Qué quieres decir con *reclamo de Adele*? —demanda saber Adele—. ¿Qué carajos está pasando aquí?

—Ella ni siquiera sabe lo que eres, ¿no es así? —pregunta Dieter señalando a Adele. Me tenso y gruño, moviéndome como para bloquear cualquier golpe que vaya a Adele.

Dieter permanece en calma.

—¿No la has reclamado? —inclina la cabeza hacia el costado. Lleva lentes negros, los que hacen que sea imposible mirarlo a los ojos.

Tengo un fuerte nudo en la garganta.

—Es humana, —digo ahogado, aunque mi lobo está tan cerca de la superficie que apenas se escuchan las palabras.

—¿De qué está hablando? —pregunta Adele.

Necesito sacarla de aquí.

—Regresaremos a la casa, —anuncio, tocando su espalda —. Debemos irnos.

—No, quédense, —Dieter usa la orden alfa y tengo que pelear contra la necesidad de mi cuerpo de obedecer. ¿Qué carajo *es* este hombre?—. Esto me parece infinitamente interesante, lobo. Tras siglos de sueño, por fin tengo un juego nuevo contra un adversario digno.

Siglos de sueño... adversario digno.

¿Es un vampiro? ¿Algún tipo de no muerto?

—Has conocido a tu pareja, pero no la reclamas. ¿Cuánto tiempo piensas que puedes soportar la locura?

—No entiendo que sucede, —Adele levanta la voz. Pero esto no me gusta. Trata de pararse en frente de mí, pero la vuelvo a bloquear.

Dieter le habla.

—Mereces saber lo que te está escondiendo. ¿Quieres saberlo?

—No sé de qué estás hablando, —responde ella en su forma autárquica. Mi princesa, protegiéndome—. Gabriel, fue un gusto conocerte. *Fue.* Ahora debes irte. No me gusta escuchar su nombre en sus labios, pero siento orgullo por su tono imperioso.

—Quizás esto sea fortuito. —Dieter sigue hablando como el trastornado diablo némesis que es—. Has guardado

157

secretos por demasiado tiempo, lobo. Ahora déjela ver la verdad. No me lo agradecerás ahora, pero quizás al final.

Se levanta los lentes de sol y puedo ver sus ojos extraños, como de serpiente. Ni siquiera tengo tiempo de procesar la información antes de que mi lobo registre la amenaza y se transforme para proteger a Adele.

* * *

Adele

Detrás de mí se escucha un gruñido de animal. Escucho ropa que se rompe y luego un lobo gigante salta sobre Dieter y lo arroja al piso.

¿Rafe? Volteo para mirar detrás de mí. Su ropa yace en pedazos sobre la nieve.

Rafe es un lobo.

Rafe. Es un lobo.

De alguna forma sobrenatural, el lobo sobre Dieter sale volando hacia atrás y el hombre se vuelve a poner de pie.

El pelaje del lobo es negro oscuro con un par de marcas marrones y naranjas en las puntas de las orejas. Se pone de pie y muestra los dientes. Sos colmillos son como cuchillas para cortar bistec.

De él sale algo que es medio rugido, medio gruñido y se me hiela la sangre. Aunque sé que es Rafe, me voy hacia atrás y mis piernas amenazan con ceder.

Debo haber emitido un chillido de no creerlo porque el lobo gira su gran cabeza para mirarme.

—*Espera*, lobo, —dice Dieter con su voz autoritaria—. No ganarás esta batalla. Viste lo que hice con sus enemigos. Pero renuncié a mi reclamo de pareja. No es quien me interesa. No la lastimaré.

A Rafe se le eriza el pelaje de la nuca y baja la cabeza, mostrando de nuevo los dientes y gruñendo.

Dieter simplemente voltea y le da la espalda a Rafe; se aleja caminando tranquilo con las manos en los bolsillos de la chaqueta como si no lo acabara de tirar al piso un lobo gigante.

Sí, *definitivamente* no le presentaré este tipo a Tabitha. ¿Qué me llevó a tomar el té con él, un extraño, en el medio de un bosque invernal? No sonó ninguna de mis campanas de alarma, pero ahora suenan como locas.

—¿R-rafe?

El lobo no deja de gruñir; su mirada está fija en la espalda de Dieter que se aleja.

—*Rafe.*

Deja de gruñir y voltea su gran cabeza para mirar en mi dirección. Es realmente gigante. Su cabeza casi me llega al hombro. Sabía que los lobos eran grandes, pero mierda, si viera esa cosa en un bosque oscuro me arrojaría al piso y moriría en el momento. Sería mejor hacerlo antes de que el lobo me despedace.

—Rafe, —su nombre parece ser la única palabra que puedo decir. Como si de repetirla lo suficiente, cambiaría de nuevo al hombre que pensé conocer.

Levanta su gigante mentón en dirección a la mansión de esquí; sigue dándome órdenes, incluso en esta nueva forma aterradora.

Camino con dificultad hacia la mansión; me tiembla todo el cuerpo. No sé si no estoy respirando o si estoy hiperventilando. De cualquier forma, mis pulmones se sienten demasiado llenos. Como si fueran a explotar.

Abro la puerta y Rafe llega por detrás, me empuja hacia adelante y luego cierra la puerta.

Con un sacudón y crujir de huesos, vuelve a cambiar de forma a su gloria extremadamente bien formada y desnuda.

—Adele.

—Escucho el tono de disculpa en su voz y de inmediato estoy enojada.

Ahora que lo reconozco, estoy lista para pelear.

—Adele, ¿qué? —demando saber, con las manos en las caderas.

Él me muestra las manos.

—Lo siento.

—¿Lo sientes? —repito. Lo miro fijo y mi cerebro todavía intenta unir todas las piezas—. ¿Sientes no haberme contado que eres, qué? ¿Un hombre lobo? ¿Y qué carajo fue eso con Gabriel? —exijo saber mientras señalo con fuerza hacia donde desapareció Gabriel Dieter.

—No lo metas en esto, —gruñe Rafe y sus ojos brillan verdes.

Se me da vuelta el estómago cuando me doy cuenta qué significan esos destellos. No eran un engaño de la luz, como había pensado. Eran destellos de su lobo.

—Eres un... —se me corta la respiración. Me alejo hacia la cocina y Rafe me sigue despacio—. Te transformas en un lobo.

—Sí.

—¿Eso es todo? —Mi espalda choca contra la encimera.

Rafe se detiene en la isla de la cocina y levanta el tacho de basura metálico. Sosteniéndome la mirada, lo abolla en una bola, con tanto esfuerzo como a mí me llevaría enrollar un papel de aluminio.

Lo apoya en el mármol, una escultura de arte moderno.

—Bien. Está bien. —Mis pensamientos son lentos. Tomo un repasador y se lo arrojo—. Dime más.

Rafe logra ponérselo alrededor de la cintura para cubrirse.

—¿Por dónde empiezo?

—¿Por qué no me contaste nada?

—No puedo, —su mandíbula se cierra de pronto y se aprieta tanto que líneas blancas irradian sus mejillas enrojecidas.

—Pensé que nos estábamos conociendo.

—Eso quería, Adele. Pero no pude.

—Ya veo. —Entonces esta es la razón por la que no podemos estar juntos. Soy humana y él... no—. Entonces eso es todo, —empiezo a decir cuando me interrumpe.

—Hay más. Eres mi... —se frena y se pasa una mano por el cabello. El repasador alrededor de su cadera es tristemente inadecuado para cubrir toda su... grandeza. Con sólo la mano izquierda que lo sostiene, el repasador empieza a deslizarse.

Concéntrate. Me aclaro la garganta.

—¿Soy tu qué? ¿Tu pareja? Eso dijo Gabriel. ¿Qué significa?

—Adele —Rafe baja la cabeza hacia un costado con una mirada lastimosa—. No puedo reclamarte. Mi mundo es tan peligroso y tú sólo eres humana. —Él niega con la cabeza—. Eres tan frágil. Mira los problemas en los que te he metido. —Ahora él señala en dirección a la salida de Gabriel.

Pero no puedo concentrarme en Gabriel. Todo lo que escucho es *tú sólo eres humana.* Conozco el secreto de Rafe e igual no alcanza. No me quiere.

En mi interior, lo supe desde el comienzo. Puede que se haya sentido atraído hacia mí, pero siempre luchó contra eso. Contra mí. Me desea, pero querría no hacerlo. Y ya ha tomado una decisión. Rafe no me reclamará, lo que sea que eso signifique.

Antes no sabía por qué, pero ahora lo sé. Y hasta aquí llego.

Pestañeo porque me arden los ojos.

—Bien, entonces esta humana frágil se larga de aquí, —digo, sacando el celular.

—Adele, —él intenta tocarme y alejo su mano de un golpe.

—No. No me toques, Rafe —mi voz tiembla en su nombre y me obligo a ver su mirada triste—. Por favor.

Él pone las manos en el aire.

—Bien, —se ahoga, retrocediendo—. No te tocaré. Sólo déjame llevarte a salvo a casa.

—No —ya saqué el celular—. Estoy pidiendo un viaje compartido. Ya terminamos. —-Abro la aplicación y pido un auto.

—Nunca quise lastimarte.

—Bueno, lo hiciste, pero esa es la vida. Me encojo de hombros, levantando el mentón y luchando por no llorar. Guardo las lágrimas para cuando me largue de aquí. Cuando esté sola.

Abro la puerta para esperar afuera, pero Rafe me sigue, todavía completamente desnudo a excepción del repasador.

—Espera adentro, —me persuade—. Yo me quedaré afuera.

Y con eso, se nubla su movimiento y se pone en cuatro patas, una vez más el hermoso y aterrador lobo.

Entro a la casa, pero no me quito el abrigo. No me voy del recibidor. Me iré bien lejos de Utah.

Con razón me trataba con afecto un momento y al otro no, me alejaba. Estaba guardando un secreto. Muchos secretos. ¿Lo sabían sus amigos? ¿Su hermano?

¿Qué significa reclamar una pareja?

¿Quién es Gabriel Dieter y por qué se odian?

Estoy en un mundo donde nada tiene sentido. Donde no pertenezco.

Qué bueno que no empaqué mucho. Técnicamente, no traje nada...

Cuando llega mi viaje, no tengo idea de dónde está Rafe. Como si su lobo estuviera acechando cerca, corro desde la puerta principal al auto como si me persiguieran. La pobre conductora me mira como si estuviera loca.

—Conduzca, —digo sin aliento—. Sólo conduzca.

Acelera con la alegría de una conductora de carreras principiante. Estamos a mitad de camino bajando la montaña cuando lo veo. Un lobo negro gigante con las puntas de las orejas naranjas, sentado en una colina nevada. La adrenalina recorre mi cuerpo. Siempre me imaginé a los lobos como perros grandes y salvajes, pero no, esta cosa es a perro lo que un hatchback sedan a un tanque. Mucho más grande. Mucho más peligroso. El lobo tiene el hocico cerrado, los colmillos ocultos, pero su letalidad se puede ver en cada línea de su gran cuerpo.

Ese es Rafe. Imposible, pero real. El corazón me late más lento como si mi cuerpo reconociera a Rafe.

El lobo me mira; su postura majestuosa, sus ojos brillantes me dejan helada. Hay un destello verde cuando atrapan la luz.

Es hermoso. Las puntas naranjas de las orejas se mueven hacia adelante, pero el resto del lobo está inmóvil. No luce enojado. Sólo luce... Triste.

Los escalofríos recorren todo mi cuerpo mientras pongo una mano en el vidrio.

—Rafe, —murmuro.

El lobo tira la cabeza hacia atrás y aúlla. El sonido lúgubre me sigue cuando el auto gira en una esquina y el lobo de Rafe desaparece de mi vista.

Capítulo Diez

R*afe*
—Te llevó bastante tiempo, —dice Deke cuando lo llamo.

No estoy de humor para explicarle por qué me llevó tanto llamarlo. Mi lobo no me dejaba volver a ser humano de inmediato, así que lo saqué a correr. Es una señal de que estoy perdiendo el control. La locura de la luna se está asentando.

—Adele está bien. Se tomó un vuelo de último minuto a Albuquerque. Sadie la recogió del aeropuerto.

—¿Sola?

—Sadie insistió. Dijo que necesitaban una «charla de chicas». Pensé que era una buena idea. Pero las estoy siguiendo. ¿Crees que dejaría a Sadie fuera mi vista con todas estas cosas turbias que está haciendo Dieter?

Una vez que lo dice, escucho los sonidos del motor de su gran Mercedes. Mis hombros bajan un centímetro.

—Muy bien. Teddy me recogerá.

—Llegarás antes que ella a Taos entonces. Tienes algo

de tiempo de conducción. Por cierto, si me quedo sin señal es porque estoy en el cañón. ¿Cuáles son las órdenes, Sargento?

—Debemos descubrir qué carajos está planeando Gabriel Dieter.

—¿Qué pasó?

—El imbécil apareció, jugó con Adele, pero no la lastimó. Luego llegué yo, me dio que renunciaba a su reclamo sobre ella. Que no es a quien buscaba.

—¿Qué carajo?

—Hay más. Tenía estos ojos extraños, casi como de serpiente. Honestamente no sé qué tipo de criatura pueda ser, pero es poderoso. Usó una orden alfa conmigo, y la sentí. Tuve que esforzarme para resistir.

—Mierda. Entonces es paranormal. ¿Crees que sea un transformista? ¿O podría ser un vampiro?

—No, no huele como un chupasangre. Haré que la manada de Tucson lo compruebe con el rey sanguijuela, pero estoy bastante seguro de que Dieter no es uno de ellos. Es algún tipo de transformista.

—¿León? ¿Oso?

—No. Algo más. La pregunta es, ¿qué?

—Debemos averiguarlo. No sé cuál es su plan. Tenía a Adele en sus garras. Luego dijo que renunciaba a ella. Está jugando conmigo.

—Ves, esa es una pista. ¿Qué transformista juega con su presa?

—No soy su presa.

—Actúas como si lo fueras, —me responde Deke de mala manera—. Nunca pensé que vería el día en que tuviera más sentido común que el Sargento. Tienes pareja. Reclámala.

Siento ganas de vomitar al recordar lo que se sintió

decirle a Adele que no iba a reclamarla. Saber que la lastimaría.

—No puedo, Deke.

—No reclamarla te matará.

—¡Y estar con ella podría matarla! No me arriesgaré.

—Mentira. Puedes mantenerla a salvo. Igual que Lance y yo protegemos a nuestras parejas.

—Soy el alfa. Es diferente en mi caso.

Deke suspira.

—Sargento, has perdido la maldita cabeza.

Adele

—Hola, amiga —dice Sadie cuando entro a su auto en el aeropuerto de Albuquerque—. ¿Estás bien?

—Sí —me hundo en el asiento con un suspiro—. Perdón por hacerte venir hasta aquí a recogerme. Reservé un vuelo de último minuto y este es el aeropuerto que pude conseguir...

—Shhh, está bien. —Sadie me toca la rodilla antes de llevar la mano de nuevo al volante.

Cierro los ojos, pero veo a Rafe el lobo mirando cómo me voy. *Lucía tan triste.*

Bueno, yo también estoy triste. Y él es el que me rompió el corazón.

—Tenemos mucho de qué hablar. —Trago saliva. No sé cómo le explicaré acerca de Rafe, Gabriel, el lobo...

—Está bien, —dice Sadie, como si me estuviera leyendo la mente—. Sé lo que está ocurriendo. Lo sé todo.

¿Lo sabe? Mi mandíbula se mueve hacia arriba y hacia abajo antes de finalmente poder decir,

—¿Lo sabes?

—Ah, sí. —La boca de Sadie forma una sonrisa irónica mientras toma la ruta de socorro de Sante Fe—. ¿Alguna vez te peguntaste por qué Deke vive en un refugio de montaña gigante con todos sus amigos militares? Deke es el tipo más antisocial que puedas conocer, pero no sólo trabaja con ellos, vive con ellos.

—Bueno, sí. —Ella fue la que dijo eso sobre su hombre, no yo—. Pensé en que él odiaba a la gente, pero no a sus hermanos militares tanto como a los demás.

—Está eso, —dice Sadie—. Pero también... —Levanta una ceja en mi dirección.

Y me doy cuenta de repente.

—Ay, Dios. Ay por Dios. La banda de hermanos, la unión tan cercana. Rafe no podría ocultarle a Deke lo que es, ¿verdad? Y si Rafe confió lo suficiente en Deke como para contarle, quizás eso significa que Deke no sólo sabe el secreto, sino que lo *comparte*...

—Sip. —Sadie me vuelve a leer los pensamientos.

Tengo que aclararlos.

—Deke es... un... —pensé en esto todo el viaje en avión desde Utah, pero nunca sospeché que estaría diciéndoselo en voz alta a una de mis mejores amigas—. ¿Un hombre lobo?

—Prefieren el término *transformista lobo* o sólo *transformista*. Pero sí.

—Ay por Dios. ¿Qué está sucediendo en mi vida?

—Lo sé. Es un montón. Me sentí igual cuando me enteré.

—No se lo dijiste a nadie.

—No podía. Ningún humano puede saberlo.

—Eso entendí, —respondo—. No se lo diré a nadie. Nadie me creería si lo hiciera. Pensarían que estoy enloqueciendo.

Quizás esté enloqueciendo. Pero si lo estoy, Sadie está en la misma situación. Puedo soportar volverme loca si tengo a una amiga en el camino.

—La mayoría de las veces, si un humano se entera del secreto, de que existen los transformista, el transformista hace que un vampiro le limpie la memoria al humano. Le borre la memoria.

¡¿*Un vampiro?!*

—Pero entre tú y yo, somos la excepción, —continúa Sadie—. Somos especiales.

—No, —me ahogo mientras las palabras de Rafe hacen eco en mi mente—. Puede que tú seas especial, pero yo no. Dice que soy muy frágil para ser su pareja. No me reclamará. ¿Ni siquiera sé lo que significa?

—Oh, no. —Sadie me mira de forma que parece mitad empática, mitad preocupada—. Significa que está loco, —revisa el espejo retrovisor. Ha estado haciéndolo mucho en este recorrido—. Los transformistas no se hacen, nacen. Así que quizás sea biología o evolución o... de cualquier modo... en el mundo hay una sola persona con la que se conectan más que con otros. Su verdadero amor. Su pareja.

—¿Como un alma gemela?

—Exacto, pero es diez mil veces más intenso. Todos sus instintos de transformista se activan. Es más que amor. Eres la única en el universo para ellos.

—Y tú tienes eso con Deke. No puedo evitar sonreír.

—Sí, —dice Sadie con suavidad—.

Eso me pone feliz por ti.

—Gracias. Es bastante genial. Nos casaremos porque es una convención humana, pero a los ojos de la manada, ya somos más que marido y mujer. —Conducimos unos kilómetros más mientras digiero esto. En la frente de Sadie aparece una ligera línea—. Rafe nunca te contó nada de esto.

—Nop. Pensé que nos habíamos acercado bastante en Utah, pero no lo suficiente supongo.

—Lo siento.

—En realidad... lo entiendo. Sus padres fueron asesinados y tuvo que cuidar de Lance cuando sólo tenía quince. Todos sus problemas con el control giran en torno a mantener a salvo a quienes ama. Así que supongo que no cree poder agregar una más a esa lista. Sobre todo porque soy humana y *frágil*. Abro comillas con los dedos en la palabra «frágil».

—Sí, Deke me dijo que Rafe nunca quiso que ninguno de ellos tuviera pareja. No sólo porque somos humanas. Incluso si fuéramos transformistas lobas estaría en contra. Piensa que debilita a la manada.

Aunque no lo hago voluntariamente, me estremezco.

—Auch.

—Para que entiendas, los transformistas tienen todas estas propiedades asombrosas de sanación. Charlie dijo que Lance tenía todos estos agujeros de bala en él después de una de sus misiones y luego simplemente estaba sano en un día o dos.

Mis ojos se llenan de lágrimas sin explicación. Cada información nueva que aprendo de Rafe parece hacer el golfo entre nosotros más y más grande. Me hace extrañarlo incluso más. Desear que las cosas pudieran ser diferentes. Quiero lo que tienen Sadie y Deke. Y Charlie y Lance.

—Así que para ellos, los humanos parecen súper vulnerables, —continúa Sadie. —Entonces lo entiendo. Somos el eslabón débil, sobre todo porque somos humanas. Pero Deke no me ve como una debilidad. Las parejas hacen que una manada sea más fuerte. Pero supongo que, a los ojos de Rafe, es más gente que proteger.

Sus palabras me golpean directo en el pecho como una bola de bolos.

—Desearía que no fuera tan controlador.

—Sip. Es algo de alfa. Tú también lo tienes, —dice Sadie de forma gentil. Sólo Sadie puede acertar un golpe verbal en el estómago con tanta ternura—. Por eso intentas protegernos a todas.

—No soy como Rafe, —refunfuño—. Él está un momento y luego no. ¡Es una locura! —-Por supuesto que yo también hago eso. No pude lidiar con mi atracción hacia él y lo culpé en el hecho de que éramos jefe y empleada. Y luego me desnudé en la piscina exterior y lo seduje. Gruño e intento cubrirme el rostro con la mano—. Esto es un desastre.

—Lo es, —dice Sadie—. Y Rafe ha sido irritante. Se está destruyendo mientras intenta pensar en qué hacer. Su lado lobo probablemente quiera reclamarte cuanto antes, pero está intentando hacer lo que es mejor para ti y la manada.

—No, ya tomó una decisión. ¿Deke te contó acerca de lo que pasó con este tipo, Gabriel Dieter?

Sadie se muerde el labio por un kilómetro y medio, mirando de nuevo por el espejo retrovisor.

—Deke no me ha contado mucho acerca de él, así que creo que está conectado con una misión ultra secreta. Todo lo que sé es que Dieter es peligroso. Y supongo que estaba jugando contigo porque sabía que enojaría a Rafe.

—Él no me lastimó. Fue todo muy extraño. —Tiemblo—. No sé por qué pasé tanto tiempo con él. Es como si mis instintos normales hubieran estado suprimidos. Hasta vi a uno de los empleados de Dieter, el tipo llevaba bastante ropa militar. Había banderas rojas por todos lados, pero no pude ver ninguna de ellas.

—No te castigues. Dieter es rico y tiene muchísimas conexiones. Es probable que esté acostumbrado a obtener lo que quiere. Si te quería conocer y pasar tiempo contigo, idearía el momento perfecto. —Mira por el espejo retrovisor.

Estiro el cuello. Hay un Mercedes G63 que me resulta familiar y nos está siguiendo.

—Ese es Deke, ¿verdad? —Digo con tono de resignación.

—Sí. Está preocupado por nosotras. Por Dieter. Además es sobreprotector.

—Por lo de la pareja. Una vez más debo luchar por contener las lágrimas.

Sadie continúa por el camino que lleva a mi barrio y agrega,

—La luna llena también puede afectar las cosas.

—Ay por Dios, hay luna llena, —digo—. Quizás por eso inventaron la palabra «lunático». En realidad se trataba de un montón de transformistas lobo. —De mi centro surge una risa histérica que no puedo frenar—. Es como un grupo de mujeres que pedalean juntas, excepto que son un grupo de transformistas lobo pedaleando en el mismo carril. —Me doblo a la mitad; la risa me deja sin aire.

Sadie me mira de forma empática.

Me río más fuerte. Sigo matándome de risa cuando Sadie estaciona en mi entrada y Charlie sale de mi casa y se acerca a nosotras por el camino. Me abre la puerta, me mira por un momento balanceándome en el asiento, con risitas y lloriqueos que se me escapan mientras las lágrimas caen por mis mejillas, y alza una ceja.

—Veo que lo está tomando bien, —le dice Charlie a Sadie.

—Entremos, —responde Sadie.

—Suena bien, —Charlie me toma de la mano para guiarme fuera del auto—. No llamé a Tabitha porque no sabe... de ya sabes qué. Y yo no sabía si querías hablar un poco más sobre eso.

Sadie saluda a Deke, quien estaciona en frente de mi casa. En guardia, supongo. Sadie me dijo que ya no hay amenaza por parte del cartel, pero Deke es conocido por ser sobreprotector.

Ambas amigas me ayudan a entrar, pero una vez que estoy allí mis instintos toman el control. Me dirijo a la cocina y me pongo un delantal. Precaliento el horno y saco una bandeja, luego tomo un recipiente del congelador. Tengo masa de profiterol guardada para un momento así.

—¿Qué está haciendo? —Le susurra Charlie a Sadie.

—Horneando por estrés. —Sadie le señala un banquito a Charlie—. Vamos. El postre tardará un rato, pero valdrá la pena.

—Mmmmm, azúcar. Justo lo que necesita esta mamá. — Charlie se apoya de forma extraña sobre el banquito. Todavía no se le nota el embarazo, pero apoya la mano en su barriga.

El batidor que sostengo se cae al piso.

—Ay por Dios, —me ahogo—. Charlie. Tú estás...

—¿Embarazada de un cachorro? —Ella me guiña el ojo.

Ay por Dios. Sadie me dijo que Lance era transformista, pero no había atado los cabos hasta ahora. *Mi amiga está embarazada con el bebé de un transformador.*

—¿Así lo llaman? —Mi voz es aguda. Mis manos tiemblan sobre mi propia barriga. Rafe y yo tuvimos sexo un millón de veces. ¿Y si falló la píldora anticonceptiva?

—Relájate, Adele, —dice Charlie rápido, enderezándose —. No daré a luz a un cachorro.

Sadie la mira frunciendo el ceño.

—Basta de bromas. Está procesando mucha información. —Se baja del banquito, toma el batidor, lo limpia y me ofrece un vaso de agua, frotando mi espalda mientras lo bebo.

—¿Cómo te sientes? —Le pregunto a Charlie cuando puedo volver a hablar—. Yo estaría completamente enloquecida ahora mismo.

—Tengo mucha ayuda. —Se toca la barriga—. Hay otra humanas que se han reproducido con transformistas.

Reproducido. Esa palabra.

—Quiero este bebé. Amo a Lance. Me resistí con él porque era un seductor, ¿pero sabes que es lo que los transformistas lobo nunca hacen con sus parejas? Engañarlas o dejarlas.

—Es una ventaja, —asiente Sadie.

Otra catarata de lágrimas. Esta vez las dejo caer. Dejo de batir insistentemente la crema de repostería.

—Él dijo que yo era una distracción.

—¿Él hizo qué? —Charlie y Sadie me rodean, ambas me abrazan de costado.

Muevo el batidor. Arroja crema por todos lados, dejando gotas de yema amarilla de huevo en mis alacenas de madera, pero está bien. Después de una tanda de horneado por estrés viene una tanda de limpieza por estrés.

—Fue en el calor del momento. Estoy intentando no culparlo por eso, pero mi *mémère* dijo que crea en lo que me dice la gente, incluso cuando están borrachos o demasiado sobrepasados por sus emociones. Sobre todo entonces. Sin filtros, dicen la verdad. —Trago saliva—. Me ve como una distracción, chicas. No como a una figura central en su vida.

—No, —dicen asombradas mis amigas—. No es eso para nada, —dice Sadie al mismo tiempo que Charlie agrega,

—Eres su pareja. Eres *la* figura central en su vida.

Levanto una mano.

—No me reclamará.

Charlie y Sadie parecen afligidas, pero no me contradicen. Las señalo con el batidor.

—Compartimos algunos buenos momentos. Pero todo terminó.

Capítulo Once

afe

R   Desde que llegué a casa anoche, he estado intentando beber hasta perder la consciencia, lo que desafortunadamente es imposible para un transformista. El entumecimiento sólo dura diez minutos, como mucho, antes de que mi cuerpo procese el alcohol. Pero vale el esfuerzo incluso si es sólo por un momento de alivio.

Adele se ha ido. La alejé y merezco todo el dolor que me golpea en el pecho ahora mismo.

Pero hice lo correcto.

Lo hice.

Que Adele se asociara conmigo casi hace que quede atrapada en los planes oscuros de Dieter, lo que sea que fueran. Pero sigo sin saber por qué pensó que era su pareja o qué lo hizo cambiar de parecer. No entiendo qué sabe acerca de la muerte de mis padres.

Intento mantener mis pensamientos concentrados en él, armar las piezas del rompecabezas, pero siguen volviendo a Adele.

Al sonido de su voz cuando se quebró. Al dolor en su rostro.

Destino, casi espero que la locura de la luna venga y me lleve ahora. Al menos sería mejor que vivir así.

Abro el refrigerador y miro fijo los contenidos. Parece que Channing fue a *The Grille* y nos llenó de cajas de comida para llevar. He estado parado aquí mirándolo una decena de veces, como si pudiera hacer aparecer algo que cocinó Adele. Me comería una comida vegana si supiera que la hizo ella. O incluso me comería otra rama de perejil.

Channing, Lance y Deke entran todos juntos, como si hubieran planeado una intervención o algo así. Supongo que no los culpo. Ninguno de ellos sobreviviría una confrontación a solas conmigo ahora mismo.

—¿Cómo te va, Sargento? —Channing no hace contacto visual.

No me molesto en contestar. Sólo me paro dentro de la puerta abierta del refrigerador y espero que me teletransporte a alguna otra existencia. A una donde pueda tener a Adele y mantenerla a salvo.

—¿Se sabe algo de Dieter? —Exijo saber.

—No se conoce su paradero, —informa Lance—. Se fue de Utah pero no se sabe dónde está ahora mismo. El maldito tiene casas por todo el mundo.

Intento reponerme. Actuar como el alfa que se supone que soy.

—Creo que va a dar su próximo paso pronto, —me escucho decir, pero es una experiencia extracorporal. Como estuviera parado atrás mirándome decir las palabras—. Dejó ir a Adele, lo que nos dice que ya no cree que es su pareja.

—Sí, ¿porque qué tipo de transformista dejaría ir a su pareja? —pregunta Channing, luego se estremece.

Yo la dejé ir.

Mierda. Lo hice. Fui un idiota.

—¿Por favor me explicarían por qué Adele no está aquí, como tu pareja reclamada, bajo este techo donde podemos protegerla en todo momento? —demanda saber Lance—. Porque como yo lo veo, la dejaste completamente sola allí y no tiene ningún sentido.

Un horror abismal amenaza con tragarme.

Mi pareja necesita protección y la abandoné. Mi necesidad de tener a salvo a los que amo me cegó a la verdad más obvia: no está más segura lejos de mí. No puedo disociarme de ella; no cuando ella es mi pareja del destino. Nadie puede cambiar el destino. Ni siquiera un imbécil controlador como yo.

—Debo irme, —digo mientras meto la mano en el bolsillo buscando mis llaves.

—¿Adónde vas? —me grita Lance.

—A reclamar a mi pareja, —grito por encima del hombro—. Si ella puede perdonarme.

* * *

Adele

Paso uno para superar a Rafe: encontrar un trabajo. Resulta que es lo más sencillo de tildar de mi lista porque cuando reviso mi teléfono cargado, me espera un mensaje. No reconozco el número, pero es un código de área de Taos. El hombre que habla tiene un acento británico.

—Buen día, Madame Fabre. Soy el Sr. Button y la llamo para informarle acerca de un puesto de chef privado que acaba de abrir en mi hogar. No lo hemos publicitado, pero recibimos una referencia suya diciendo que debemos contratarla. Si hoy está disponible, me gustaría entrevistarla en la siguiente dirección...

Presiono volver a marcar antes de que termine el mensaje y confirmo la cita en el buzón de voz del Sr. Button.

—Justo hoy tengo el día libre.

Finalmente, algo sale a mi favor. Me visto y arreglo rápidamente. Ninguna cantidad de maquillaje puede esconder el hecho de que después de que mis amigas se fueran a casa pasé toda la noche llorando, pero hago lo mejor que puedo.

La dirección es fácil de encontrar y sé que el trabajo es legítimo porque la casa es una mansión de varias hectáreas, cerca de la casa de Julia Roberts en Taos.

—Por aquí, madame, —dice el hombre con un claro acento británico. Lleva un traje con cola de urraca para responder a la puerta en el medio del día. O bien es un mayordomo o están filmando Downtown Abbey en esta casa.

Lo sigo por el hogar y me maravillo ante las obras de arte gigantes con marcos de baño de oro y alfombras orientales que cubren el piso. El lugar es más grande que la mansión de Park City y está decorado como un museo. Grita dinero viejo. Es otra buena señal.

El mayordomo me lleva a un tipo de estudio con una biblioteca de madera pesada llena de libros encuadernados que de un lado llega al techo y del otro una pared de ventanas que da a una caída de varios pisos hacia un barranco.

—Por favor, siéntete como en casa, —el mayordomo me hace un gesto hacia una de las muchas sillas de cuero en frente de un escritorio—. El señor estará con usted pronto. ¿Puedo ofrecerle té?

—Por favor. —Me aliso el frente del vestido—. Aunque tengo un par de preguntas sobre el trabajo.

—El señor podrá responderlas todas, —me dice el mayordomo con un aire de finalidad.

—Una cosa, —digo antes de que pueda irse—. La familia para la que estaré trabajando, ¿son los Buttons?

—Oh no, señora, ese es mi apellido. Su empleador será el Sr. Gabriel Dieter.

La puerta se cierra detrás de él con un golpe mientras me quedo sin aliento. Oh no.

¿Gabriel Dieter otra vez?

¿Qué sucede?

Sea lo que sea, no quiero estar en el medio.

Camino rápido hacia la puerta y tomo el picaporte.

Está cerrada.

—¡Ey! —grito, golpeando el puño contra la madera pulida. La puerta es tan vieja y pesada que no me sorprendería que mis gritos fueran ahogados. El único que me escuchará es el mayordomo y es quien acaba de encerrarme.

Puede que tampoco haya nadie más en la casa.

No puedo creer que fui tan idiota de caer en esto otra vez. Maldito Gabriel Dieter.

Corro hacia la ventana. Puedo arrojar mi silla por ahí, pero luego tendré que saltar del segundo piso de una mansión. Además, la habitación da a un barranco. Hermoso, pero esos arbustos de salvia y piedras en el fondo me romperán antes de romper mi caída.

Tengo la mano sobre el teléfono. *Por favor, ten señal.* Hay un parpadeo que me dice que está cargando, pero pasará una llamada. ¿Pero a quién llamar? ¿Al 911? ¿Qué digo? Ayuda, vine a una oferta de trabajo en una mansión como una idiota, ¿y ahora estoy atrapada?

Si esta fuera una situación normal, llamaría a Tabitha y a Charlie para que me sacaran. Tirarían la puerta abajo. Charlie llegaría con su identificación del Servicio Postal Estadounidense como una tarjeta de «salvación». Una vez que le abrieran la puerta, Tabitha desataría el torbellino que es. Sadie es demasiado dulce para la confrontación, pero conduciría el vehículo de escape.

Pero si se trata de Dieter, aquí hay algo más en juego. No puedo involucrar a mis amigos en algo peligroso. Sólo hay una persona que puedo llamar. El hombre en quien puedo confiar. Que siempre me ha salvado.

Rafe.

* * *

Rafe

Llego a la casa de Adele, pero su camioneta no está allí.

Me vibra el celular. *Adele.*

Presiono el botón de responder con tanta fuerza que casi lo rompo.

—Ay por Dios, Rafe. Gracias a Dios contestaste. —Su voz suena llena de pánico.

Giro del refrigerador, alerta de inmediato.

—Bebé, ¿dónde estás?

—En esta casa. —Me dice rápido una dirección—. Pensé que era una oferta de trabajo. Parecía demasiado buena para ser real. Y... —ella jadea, sin aliento.

—Ve más lento, princesa, háblame.

—Me encerraron. No puedo salir. Las ventanas están muy alta. Rafe, el tipo dijo que es la casa de Gabriel Dieter y ahora estoy encerrada.

Ya salí por la puerta con las llaves del auto en la mano.

—Espera, Adele. Ten paciencia, mantén la calma.

—Rafe, te necesito.

—Ya voy, bebé, ten paciencia. Espérame.

Quince minutos después, Channing ha rastreado la llamada de Adele a una ubicación. Deke conduce, Lance está en la línea. Estoy sosteniendo tanto el teléfono de Deke como el mío, seguí la llamada de Adele pero estoy silenciado para poder darles órdenes sin asustarla. Puedo escuchar la respiración agitada de Adele.

—Tengo a Kylie monitoreando los canales de la web oscura, —la voz de Lance se agrieta por el teléfono prepago de Deke—. Ella ha movilizado a las manadas de Tucson. Están volando para ser refuerzo. También está viniendo el Coronel Johnson para dirigir a los soldados terrestres.

—No tienen que hacer eso...

—Por lo que sabemos, Dieter trajo un ejército. No estamos bromeando. Somos la familia de Adele. Todos pelearemos para recuperarla.

Se me ha cerrado la garganta. No puedo hablar.

Lance escucha mi silencio y lo comprende. Su voz se suaviza,

—Kylie dice que te transmita este mensaje: Rafe estamos juntos en esto. No tienes que ir solo.

—Gracias, hermano, —digo finalmente.

—Cuando sea. Ve por tu pareja.

Cambio los teléfonos y le saco el silencio al mío.

—¿Adele?

Estoy aquí. Suena más calmada.

—Tenemos tu ubicación. Mantente a salvo. Estaremos allí pronto.

—Gracias.

Deke murmura una maldición cuando toma una curva cerrada y la grava vuela debajo de las llantas.

—¿Rafe? —La voz de Adele se eleva.

—Está bien, princesa. —Mantengo la voz calmada—. ¿Has visto a Dieter?

—No. El mayordomo dijo que estaba por venir, justo antes de encerrarme.

El fuego frío quema en mis venas. Calmo a mi lobo para poder mantener la mente clara.

Adele está diciendo,

—No entiendo. ¿Qué quiere Dieter conmigo?

—No lo sé, —respondo con honestidad—. Pero no importa. Estás a salvo y vamos a sacarte.

—Bueno.

—Quédate en la línea. Si se corta nuestra llamada, está bien. Tenemos tu ubicación y estamos yendo a buscarte.

La silencio justo a tiempo; Deke frena con un chirrido en frente de unas enormes puertas ornamentales. Pone su G63 en reversa, retrocede un par de metros y acelera el Mercedes. Me sostengo del mango de mierda un segundo antes de chocar contra el hierro. Las puertas son más que decorativas, pero ceden con un chillido agonizante.

—Ingeniería alemana. —Deke tiene una sonrisa alocada en el rostro. Ama esta mierda de psicópata—. Te lo aseguro.

El Mercedes ruge hacia adelante, avanzando por el carril privado hacia la extensa casa Tudor. El guardabarros delantero está torcido, pero las ruedas todavía funcionan.

—Espera, —levanto una mano mientras nos acercamos. Entre nosotros y la casa hay una fuente sofisticada rodeada de arbustos decorativos. El paisajismo está completamente fuera de lugar para la meseta alta, pero no sería la primera vez que una familia adinerada gasta dinerales colocando un jardín de estilo británico en un área árida.

Más allá del paisajismo ridículo hay filas y filas de soldados con uniformes militares. Chalecos antibalas, cascos. Agresivas AK-47 que apuesto han sido modificadas para disparar balas de plata.

El ejército de Dieter.

—Los veo, —dice Deke. Él pone el Mercedes de costado en el camino para que podamos cubrirnos detrás de él.

Levanto mi teléfono prepago.

—¿Channing?

—Aquí, Sargento. Recogí a Lance. Estamos justo detrás de ustedes. Escucho el rugido del humvee que se acerca por el camino privado detrás de nosotros.

—Tenemos problemas, —vocifero—. Todo un pelotón del ejército privado de Dieter. Igual que en Suiza.

—Mierda, —maldice Lance. Channing debe tenerme en altavoz. —¿Cómo lograremos esto?

—Adele está en una habitación en la parte de atrás de la casa y da al barranco. Podríamos crear una distracción y que alguien se meta por la parte de atrás. Tendrían que bajar con Adele atada al cuerpo. No es lo ideal.

—El apoyo aéreo está viniendo, —agrega Channing—. Teddy está en camino y tiene a sus hermanos con él.

—Mierda, será mejor que tengamos todo bajo control para entonces. Siete hombres-oso enojados en aves de guerra es lo último que necesita esta situación sensible.

Miro por la ventana al ejército privado de Dieter. No se han movido, no han hablado. Luce como unos malditos Storm Troopers. Espeluznantes.

—Tengo a Jackson en el teléfono, —informa Lance—. Dice que puede traer un par de tanques.

—Maldición, qué genial, —murmura Deke—. Tengo granadas. Tiene ojos de lobo loco otra vez; así lucía 24/7 antes de conocer a Sadie.

—No, no, —me froto la cara—. No podemos ir a la guerra, no así. Este es territorio civil. Además, Adele está allí adentro. No podemos pasar por las tropas y arriesgar comprometer la integridad estructural de la casa.

—¿Rafe? —la voz suave de Adele pasa por encima de todo. Le saco el silencio al teléfono y me lo llevo al oído.

—Estoy aquí, Adele. Estamos en el frente. Sólo debemos llegar a ti. Dieter tiene hombres en el frente.

—Tengan cuidado, —me ruega.

—Lo haremos. Lo prometo.

Hay movimiento en la puerta principal. Un hombre sin casco marcha por el centro del ejército. Un oficial de alto rango, apostaría todo a que tengo razón. Sostiene algo. ¿Una granada? ¿Un dispositivo?

—Sargento Lightfoot, —grita—. El señor Dieter desea hablarle. El hombre tiene un acento alemán marcado. Es probable que me haya disparado en Suiza cuando intentamos espiar el nido de águila privado de Dieter.

Lo mira con furia pero no hace otro movimiento. Espera con paciencia y sostiene el dispositivo en el aire. Un celular.

—Llamada para usted, —dice.

—Espera —murmuro y abro la puerta del acompañante para salir despacio.

—Sargento, —advierte Deke.

—Lo tengo.

—Rafe, no —dice Lance—. Es una trampa...

—Lo sé. Dieter está jugando. Pero quizás pueda negociar con él. —Adele por mí. Guardo el teléfono y le guiño un ojo a Deke—. Una vez que Adele esté a salvo, puedes darle a la casa con toda la potencia que tengas. Préndela fuego. Sobreviviré.

Deke niega con la cabeza, pero me deja salir del auto. Camino lento con las manos extendidas a los costados para mostrar que no estoy armado.

El teniente se queda firme y sostiene el teléfono sin

hacer más. Sin armas. No es que necesite un arma. Sus hombres están cargados hasta los dientes. Pero ninguno la levanta cuando me acerco. Es una buena señal.

Cuando estoy cara a cara con el oficial a cargo, el teléfono cobra vida.

—Hola, Sr. Lightfoot, —dice Dieter en un tono agradable—. Que amable fue en visitar.

Niego con la cabeza.

—Ni siquiera estás aquí, ¿verdad?

—Verá, tengo otros asuntos.

—Tienes a Adele. Déjala ir.

—Pensé que teníamos un trato. Tu pareja a cambio de la información que buscas para tu venganza.

—Nunca hice ese trato. Dame a Adele.

—¿Por qué? Qué importa la vida de una humana sobre...

—Es mi pareja. —Mi rugido se escucha en toda la cuadra—. Mía. No me importa a cuántos hombres tenga que pasarles por encima, la recuperaré.

—¿Qué hay de tu venganza?

—¿Qué clase de juego enfermizo estás jugando?

Adele

Estoy de cuchillas en la biblioteca y sostengo el teléfono cerca de mi oreja. Contengo la respiración.

Rafe me tiene en la línea y no me ha vuelto a silenciar. Puedo escuchar todo con claridad.

—Es mi pareja, —vuelve a gruñir.

El calor me recorre.

Una risa lenta y espeluznante sale de Dieter.

—¿Entonces la eliges por encima de tu venganza?

187

—La elijo por encima de cualquier otra cosa en este planeta. Puedes tomar tu información y metértela en el...

—Entendido. Muy bien. Mis hombres tienen órdenes de no actuar.

—¿Qué carajo? —Responde rápido Rafe, pero luego hay una pausa—. ¿Sin trucos? —agrega con desconfianza.

—Sin trucos. Tomaste tu decisión. Ve por tu pareja.

Y luego hay un rugido, seguido del sonido de la respiración de Rafe.

Me pongo de pie.

—Rafe, —lo llamo. Lo escucho por el teléfono, corriendo, con las botas crujiendo por la grava. Otro gruñido y rugido.

—Estoy dentro, —llama y escucho su voz por el teléfono y muy levemente por la puerta.

—¡Adele!

—Rafe, —grito, golpeando la puerta por si acaso—. ¡Aquí atrás! ¡Sigue el pasillo hasta el fondo!

Sus botas golpean contra los pisos de madera. Tomo el picaporte cerrado y lo giro, intentando sacudirlo, aunque está con llave y no cede.

—¡Adele! —Los sonidos de la voz de Rafe están al otro lado de la puerta.

—Está cerrada, —grito.

—Ve hacia atrás, bebé, —me ordena.

Me apresuro hacia atrás y me escondo detrás de una silla por si acaso.

Un rugido y un golpe. La habitación tiembla. Otro rugido, un golpe. Los libros se caen de las estanterías. Me cubro la cabeza, pero no puedo evitar asomarme. La habitación se sacude. Un par de golpes más y la puerta queda arruinada.

Una mano pasa por la madera. Salen volando astillas. Luego Rafe aparece por el desastre roto que es la puerta.

—¡Adele!

—Rafe. —Me levanto con piernas temblorosas y él me toma en sus brazos. Me sostengo con la cabeza contra su hombro porque me lleva como a una novia por la casa de Dieter y salimos al aire invernal.

* * *

Adele

—Puedes bajarme ahora, —insisto mientras Rafe me lleva a cruzar la entrada de su posada. No me ha dejado ir desde que salimos de lo de Dieter. Fuimos en la parte de atrás del Mercedes de Deke, que luce como si hubiera estado pasando fuera de los caminos y caído de una montaña con el guardabarros de punta.

—Nop, —gruñe—. No se puede, princesa. Nunca te dejaré ir.

Lo miro sorprendida.

—¿Eso qué significa?

Sabe lo que estoy preguntando.

—Significa que fui un idiota. El mayor idiota en todo el mundo. Pensé que podría tenerte más a salvo alejándome, pero todo lo que hice fue rompernos el corazón a ambos y hacer que te secuestren otra vez.

Frunzo el entrecejo.

—¿Fui secuestrada? Todavía no entiendo de qué se trató todo eso. ¿Qué quería Dieter?

—No lo sé, pero nunca lo dejaré volver a acercarse a ti de nuevo. Lo prometo.

Rafe me lleva a su habitación y cierra la puerta de una patada. Todo mi cuerpo se tiembla cuando me doy cuenta.

Por la emoción. Ahora que sé lo que es Rafe, me siento como una virgen que está por tener sexo por primera vez.

Con un lobo.

—¿Me reclamarás, Rafe?

Sus ojos verdes brillan.

—Tenlo por seguro, —se mete a la cama conmigo todavía en sus brazos y ambos rebotamos y nos caemos encima del otro—. Quiero decir, si me aceptas.

—Sí. —Nunca he estado más segura de algo en la vida—. Eres mío.

Mi recompensa es la sonrisa de niño de Rafe, la que lo hace lucir diez años más joven, el peso del mundo borrado de su rostro.

—Yo soy definitivamente tuyo. Y tú eres mía.

—¿Serás una espinilla mandona y dolorosa en el trasero? —le pregunto.

Me da vuelta sobre mi espalda y pone mis muñecas al lado de mi cabeza.

—Sabes que sí. —Se acomoda en mi cuello y muerde la piel que hay allí.

—¿No tienes miedo de que sea muy frágil?

No puedo evitar traerlo a colación. Todavía me duele.

Se estremece.

—No eres demasiado frágil. Eres la humana más fuerte que conozco, Adele. Lo único frágil es esto. —Toca su pecho en el lugar por encima de su corazón—. Ya lo has capturado, así que intenta no aplastarlo.

—No lo aplastaré. Pero creo que tú sí me estás aplastando. —Hago como que me resisto a que sostenga mis muñecas. El bulto de su miembro presiona en la hendidura entre mis piernas. Levanto la cadera para encontrarlo.

Me levanta lo suficiente como para sacarme el abrigo

por los brazos, luego la blusa. Llevo un sostén de satén color ciruela, lo que lo hace gruñir con aprobación.

—¿Esto significa que no te volverás locamente sobre-protector?

Deja besos por mi barriga, luego desabrocha la crema-llera del costado de mi falda.

—No hay chance de eso, princesa. Tendrás que rendirte ante mi protección mandona o sufrir las consecuencias.

Le desabrocho el botón de los vaqueros.

—¿Cuáles son esas consecuencias?

Su sonrisa se vuelve salvaje.

—Creo que me recuerdas de antes... —él me apoya sobre mi barriga y me baja la falda por la cadera—.Mmm, bragas que hacen juego. Casi demasiado hermosas para quitarlas. —Las baja—. Pero tengo que pensar en tu castigo.

Separo las piernas y levanto el trasero.

—¿Estoy en problemas?

Su mano golpea contra mi cachete, ardiente. De inme-diato masajea el dolor que causó.

—En muchos problemas, Adele. —Otra nalgada, este vez en el otro cachete. Cuando frota, su mano se siente gloriosamente cálida. Me levanta la cadera, poniéndome sobre sus rodillas, con el pecho todavía presionado contra la ropa de cama y el trasero presentado ante él—. Cuando me desobedezcas, habrá consecuencias.

—Mmm. —Sacudo un poco las caderas.

Rafe se ríe y empieza a darme nalgadas en serio, dejando media docena de golpes rápidos antes de detenerse y volver a frotar.

Duele, pero también se siente bien. Por mucho que me resistí a la dominancia de Rafe fuera del dormitorio, aquí me encanta. Es exactamente lo que más ansiaba pero nunca supe que necesitaba.

—Necesito saber que estás a salvo, Adele. Estoy en negocios peligrosos, y eres lo más importante en el mundo para mí. —Me da tres nalgadas rápidas.

Las lágrimas aparecen en mis ojos, pero no por las nalgadas; son por sus palabras.

—Te dejaré protegerme, Rafe, —prometo.

—Por supuesto que hoy me llamaste, así que eso merece una recompensa. —Me empuja de nuevo sobre mi barriga, se inclina por encima y me muerde la oreja—. ¿Fue difícil pedir ayuda, Adele? —Su voz es intensa y seductora. Gloriosamente áspera y suave al mismo tiempo.

—No. —Es la verdad. Lo que sea que dudara antes cuando necesitaba ayuda, ya no se aplica a Rafe. Lo he dejado entrar—. Sabía que vendrías. Quería que me rescataras.

Rafe aparece detrás de mí, frotando el bulto de su miembro contra la división de mi trasero al mismo tiempo que sus dientes rozan mi hombro.

—Por todos los cielos, Adele, casi te marco. Escuchando eso... es lo que necesita un lobo macho.

Me giro para verlo y él me pone sobre mi espalda.

—¿Qué más necesita un lobo macho? —Ronroneo.

—Tengo que marcarte. —Lo dice como si fuera algo malo, pero no tengo miedo. Sadie y Charlie ya me lo han explicado. Es cómo me reclama, como me une a su olor de forma permanente, para que todos los otros lobos sepan que no estoy disponible.

—No puedo esperar, —le respondo mientras tiro de su camiseta Henley hacia arriba para exponer sus abdominales marcados.

Él sonríe y se saca la camiseta por encima de la cabeza.

—Primero debo probarte. —Se va hacia atrás y me saca las bragas de las piernas mientras me desabrocho el sostén.

Cuando lo ve desabrochado, toma el frente y me lo saca de los brazos, y lo envía volando por el aire hasta el piso en la esquina.

Sus fosas nasales se abren y sus ojos brillan verdes mientras simplemente mira con atención mi cuerpo desnudo.

—Rafe, —lo aliento, buscándolo.

Baja la cabeza y succiona mi pezón oscuro en su boca. Siento el calor del latir eléctrico que me recorre desde el pezón hasta mi centro. Muevo las caderas debajo de él y busco algo más.

—¿Por qué todavía tienes puestos los vaqueros? —jadeo.

—Shh. No estás a cargo, princesa. —Rafe va más hacia abajo y pone sus brazos debajo de mis rodillas para separarlas bien. Me lame; su lengua parte mis labios inferiores y hace círculos en el interior. Me sacudo ante el placer que me causa. Mi barriga se sacude, mis muslos internos se tensan y tiemblan, pero los mantiene abiertos con firmeza. Levanto mi centro para que encuentre su boca y succiona por todas partes, lamiendo, mordiendo, volviéndome loca.

—Rafe, —gimo.

—Eso es, princesa. Rafe está aquí para ayudar.

—Ay, Jesús, —grito y mi mente se enloquece mientras me lleva a un frenesí con esa lengua inteligente que tiene—. Más. Ay por Dios, Rafe. —Encuentra mi clítoris y lo golpea con su lengua al mismo tiempo que mete un dedo dentro de mí—. Rafe.

Mete un segundo dedo y usa las puntas para acariciar mi pared interna.

Grito, la conmoción del placer casi es demasiado buena para recibirla, pero él es implacable, acaricia mi punto G y succiona mi clítoris. Gimo con fuerza y me olvido de que vive en un complejo con otros. No puedo contenerme. La presión que se está formando me vuelve loca.

—¡Ay, Dios! —Acabo y sacudo mi descarga contra su boca y sus dedos. Él cambia el movimiento de sus dedos a un bombeo rápido, me lo hace con ellos mientras disfruto su boca con ondulaciones espasmódicas de la cadera.

—Ay por Dios. Maldita... guau. Simplemente guau, —jadeo, sin poder callarme. Estoy tanto agotada como todavía deseosa.

—¿Te gustó tu recompensa, Adele? —Los ojos de Rafe son completamente como los del lobo. Es magnífico.

—Reclámame, —le ruego.

Me da vuelta sobre mi barriga y se saca los pantalones y los calzones.

—Seré cuidadoso, —me promete.

—Sé que así será.

Confío en él. Este tipo se preocupa porque me resbale en el hielo. No me lastimará.

Se sube detrás de mí y frota la cabeza de su miembro contra mi abertura. Ya estoy mojada e hinchada, lista para recibirlo. Un empujón y está adentro. Ambos gruñimos de placer.

—Adele, te sientes tan bien, —dice con voz ronca detrás de mí.

Levanto la cadera para llevarlo más adentro. Me acaricia al entrar y salir y nada antes se ha sentido tan bien. Tan gratificante. Mis ojos se ponen en blanco por su perfección.

Hacemos silencio; no hay nada más que la aspereza de nuestras respiraciones agitadas, los golpes de piel contra piel, el roce de las sábanas. Pongo las manos contra el cabezal para no resbalarme hacia arriba.

—Adele, —dice Rafe con voz ronca. Escucho la desesperación que aumenta en su tono. Siento la urgencia de sus empujones.

—Te amo, Rafe.

No sé por qué elegí ese momento para decírselo, pero se enloquece detrás de mí y empuja hacia adentro tan fuerte que la cama golpea contra la pared. Nuestros cuerpos rebotan en la cama.

—Adele... ¡*Adele!*

Es demasiado fuerte, pero no lo detendría por nada en el mundo, sobre todo cuando lo escucho rugir en su descarga. Empuja hacia mi interior y se deja caer para cubrir mi cuerpo con el suyo mientras me aprieta en un abrazo fuerte. Sus dientes rozan mi hombro y luego perforan la piel. Me sacudo y quedo helada ante el dolor, pero me libera de inmediato.

—Ay por todos los cielos, ¿estás bien? Adele, dime que estás bien. Lo siento tanto.

Mi cuerpo ya está relajado, drogado por las endorfinas o quizás por el suero que liberó en mi piel. Lame el lugar donde me mordió.

—Es perfecto. Estoy genial. Te amo, —lo reconforto.

Él se sale, me pone sobre mi espalda y reclama mi boca.

—Te amo tanto, Adele. —Deja besos por todo mi rostro —. No sólo amor de lobo. Amor loco de humano también. No puedo vivir sin ti.

Me río ante su frenesí de afecto y lo recibo todo.

—Te amo, Rafe. Te amo, te amo, te amo.

—Perdón por perder un poco el control hacia el final. ¿Estás bien? ¿Te lastimé?

Me río.

—Fue genial.

Él se acomoda en el espacio entre mis piernas.

—Bueno, hay más de dónde vino eso, princesa.

E increíblemente descubro que su miembro ya está duro y empujando contra mi entrada. Envuelvo las piernas alrededor de su espalda y engancho los tobillos para traerlo contra mí y se hunda en mi interior.

Me duele, pero quiero más. Todo lo que Rafe tiene para ofrecer lo quiero recibir.

* * *

Rafe

Hago que Adele acabe tres veces más antes de escuchar que le gruñe el estómago y darme cuenta de que hace mucho pasó la hora de la cena.

—Tienes hambre, —gruño, enojado conmigo mismo por no ver las necesidades de mi pareja. Me bajo de la cama y busco una toalla para limpiarla.

—Apuesto que tú también.

Ahora sé por qué eras tan molesto con lo de la carne. Los lobos definitivamente son carnívoros.

Masajeo entre sus piernas con la toalla cálida, aunque me gustaría más dejarla cubierta de mi semen. Aunque ahora está marcada para siempre. No necesito volver a reclamarla.

—No, fui molesto porque estar cerca de ti enloquecía a mi lobo y estaba enojado porque no pensaba que podría tenerte. Daría lo que fuera por hacerlo de nuevo, sentarme y comer tus frijoles rojos y ganarme tu cariño con halagos, como lo hizo Channing.

—Channing, —dice mientras se ríe—. ¿En serio estabas celoso de Channing, no?

—Ni siquiera lo menciones, —le advierto. No sigo sintiéndome amenazado, pero en realidad el recuerdo todavía me irrita.

—Vamos. ¿No tiene como apenas más de veinte?

—A las mujeres les resulta atractivo.

Adele se ríe y se baja de la cama, envuelve mi cintura con sus brazos y presiona su cuerpo suave contra el mío.

—Estás siendo ridículo. Lo sabes, ¿verdad?

—Sí, —gruño—. Lo sé. —Envuelvo la parte baja de su cabeza con mi mano para levantar su rostro hacia el mío. Acaricio su piel morena con mi pulgar—. Perdóname. No tenerte me enloqueció.

Ella se pone en puntas de pie y me da un beso suave. Del tipo que empieza con los labios moviéndose contra los míos, luego se profundiza hacia algo más. Mi lengua se mueve entre sus labios, mi mano baja hacia su trasero y lo aprieta.

Escucho que su estómago vuelve a hacer ruido.

—¡Perdón! —Vuelvo al momento—. Lo siento, tienes hambre. Sólo que no me canso de ti.

—Vayamos a ver si encontramos algo de carne para ti, —me dice riéndose mientras se pone una de mis camisetas que saca de un cajón.

—Em, así no.

Ella pone los ojos en blanco.

—¿Has visto tus piernas, princesa? Matas con esas piernas. Aquí, ponte esto. —Le arrojo un par de mis pantalones deportivos que se pone y enrolla varias veces en la cintura.

—No son muy de mi estilo, pero por ti haré una excepción.

Le pego en el trasero y ella se pasea delante de mí y baja las escaleras hacia la cocina, donde empieza a hacer su magia.

Veinte minutos después ha hecho una comida entera con algo de cerdo que quedaba en el congelador del cerdo asado. Abre una botella de vino y nos sirve una copa a cada uno. Saco las velas de emergencia y las enciendo, acomodándolas en el medio de la mesa.

Los chicos no deben estar por aquí o el aroma a comida los habría traído corriendo. Quizás nos están dando espacio para el reclamo.

Nos sentamos a la mesa, sólo los dos. Ella levanta una copa de vino. Su piel brilla a la luz de la vela; su mirada es sólo para mí, su sonrisa cálida y seductora.

Mía. Mi lobo es arrogante.

—Por nosotros, —dice Adele.

Choco la copa con la suya.

—Por ti, Adele. Eres mi todo.

Capítulo Doce

dele

Taos es tan festivo durante las fiestas. No había apreciado tanto las decoraciones durante las últimas semanas, pero ahora que camino por la plaza, de la mano de Rafe, aprecio más y más la belleza digna de una postal de navidad de mi ciudad.

—¿Qué estamos haciendo aquí? —le pregunto—. No me digas que tienes compras de navidad de último momento.

—Nop, ya las hice. Todos tendrán su propia escultura de arte con tachos de basura.

Pongo los ojos en blanco y Rafe se ríe. Ha estado haciéndolo más, riendo y sonriendo. La otra noche Channing hizo un chiste tonto y Rafe ni siquiera lo miró mal.

—¿Qué estamos haciendo aquí?

Tengo que volver a la casa. Me estoy preparando para mañana, cuando cocinaré la cena de navidad para todos en el refugio. Estaremos todo excepto por Tabitha, quien se fue a buscar antigüedades el mismo día que Dieter me secuestró. Espero poder videollamarla más tarde.

—Te estoy dando un regalo.

—Pero todavía no es navidad, —protesto, aunque la manada celebra la navidad cuatro días antes para que Lance y Charlie puedan ir con sus padres.

Volteo para mirarlo, pero mis botas tocan un tramo de hielo. Salgo volando, sólo para terminar en una pose de tango dramático en los brazos de Rafe.

—Te tengo, —me besa la frente.

—Mis botas con tacón otra vez, —murmuro.

—Ponte esas botas todo lo que quieras, princesa, —murmura mientras me pone de pie otra vez con cuidado—. Estaré a tu lado para atraparte si te caes.

No tiene ni idea de que por eso me puse esas botas en primer lugar.

—Por aquí —toma mi mano y me lleva cruzando la calle a un carril que es sólo para peatones.

—Oh, no —tironeo de su mano—. No quiero ir por allí.

Me llevará justo al lado de *The Chocolatier*. No puedo soportar ver mi tienda cerrada, las ventanas oscuras durante las muchas compras de las fiestas.

—Adele, —me dice con gentileza mientras me gira para mirarlo y toma mis mejillas en sus manos ásperas—. ¿Confías en mí?

Trago saliva.

—Sí.

Pero contengo la respiración mientras avanzamos por el callejón. Podría cerrar los ojos, pero ya estoy inclinada sobre el brazo de Rafe. Cuando me hace mirar mi tienda, mi inquietud se transforma en asombro.

Mi pequeña tienda está iluminada, las luces del interior se reflejan sobre las pilas de nieve. El camino hacia el escalón del frente está limpio y el cartel del propietario ya no está en la puerta. Las ventanas están pulidas y brillan.

Luce listo para recibir clientes, aunque no hay nadie adentro.

—¿Qué es esto? —trago saliva porque si el propietario ya tiene a alguien nuevo en el edificio no estoy lista para afrontarlo.

—Este es tu regalo de navidad, —dice Rafe.

Frunzo el ceño.

—¿Qué quieres decir?

—*The Chocolatier* está listo para trabajar. Todos los chicos ayudaron y trajeron tus cosas del depósito del propietario. Sadie y Charlie me dijeron dónde debía ir cada cosa y ayudaron a limpiar.

—¿Pero qué pasó con el propietario? ¿El alquiler adeudado?

—Todo saldado.

—Rafe, ¿lo pagaste?

—No tuve que hacerlo. Hablé con el propietario. Descubrirás que puedo ser muy persuasivo.

Me tiemblan las rodillas y él me toma de la cadera para sostenerme.

—Feliz navidad, princesa.

—Rafe, es demasiado.

No me importa lo que está diciendo, no hay forma de que el propietario me perdonara el alquiler adeudado. Rafe debe haber pagado algo, y si lo hizo estaré en deuda con él.

—Adele, trabajas duro. Podría verte trabajar por horas para volver a ganar lo que tu socio te robó o podría solucionar las cosas. Y no quiero que trabajes a toda hora. Es menos tiempo para mí. —Se encoge de hombros—. Quiero pasar todo el tiempo contigo que pueda.

—Es demasiado —niego con la cabeza.

—Ni una fracción de lo que tú me has dado. Así que, princesa, ¿aceptarás mi regalo?

Me muerdo el labio. *Mémère* sería la primera en decirme que no necesito de un hombre para ser exitosa, pero si conociera a Rafe, lo aprobaría de inmediato. «Conseguiste uno de los buenos» me diría y guiñaría el ojo.

—Te lo devolveré, —digo.

Rafe presiona un dedo contra mis labios.

—Pensaremos en algo, —me dice. Me presenta una llave brillante y dorada—. Las puertas tienen cerraduras nuevas. —La mueve en frente de mí y de a poco estiro la mano.

—La tomaré con una condición. Debes decirme lo que le dijiste al propietario para que me dejara abrir de nuevo.

Él niega con la cabeza y suspira, pero sus mejillas forman una curva.

—Bien. Compré el edificio.

—¿Qué? —grito tan fuerte que cae nieve de uno de los postes de luz—. Ay por Dios. Rafe, no puedo creerlo.

—¿No? —se encoge de hombros—. Haría lo que fuera por ti.

Me arrojo encima de él. Al último segundo, mis botas se deslizan pero no importa porque Rafe me atrapa.

Siempre me atrapará.

La nieve empieza a caer mientras compartimos un beso digno de comedia romántica. Es el día más oscuro del año, pero la oscuridad hace que las estrellas brillen más fuerte. Destellan como los diamantes de mi *mémère*, y sé que me está sonriendo desde arriba.

* * *

Rafe

El día de navidad nunca significó mucho para mí. Los transformistas no lo celebramos en realidad, excepto para encajar con los humanos. Después de que murieran nuestros padres, no celebramos nada. No había razón, además estaba demasiado ocupado manteniéndonos a Lance y a mí con vida.

Adele me devuelve todo eso. La alegría. La luz.

Y sé que vamos a tener unas buenas discusiones cuando se dé cuenta de que no voy a cobrarle alquiler. Y otra discusión cuando se entere de los muchos caramelos de chocolate amargo que consumió Channing cuando movía sus cosas. Se creería que los hombres lobo son alérgicos al chocolate, pero él no.

—¿Alguien sabe algo de Tabitha? —pregunta Charlie cuando entra a la cocina con una pila de galletas para poner en la mesa de café. Las apoya y mueve el teléfono—. Sigo intentando contactarla por celular, pero va directo al buzón de voz.

—Dijo que estaría conduciendo por muchas zonas sin señal, ¿verdad? —agrega Sadie.

—Sí, pero acordamos una hora para videollamar porque no podía estar aquí con nosotras. —Charlie se encoge de hombros y trepa por encima de las pilas destrozadas de papel de regalo para sentarse en el regazo de Lance.

Analizo el comedor. Toda la manada y nuestras parejas están aquí. Nunca pensé que mi lobo fuera a estar tan satisfecho al vernos a todos juntos en un lugar, pero lo está.

Lo único que falta: mi pareja. Ella está en la cocina, revolviendo una olla de sopa.

Channing hizo que todos se pusieran algo con temática de alce. Algún tipo de broma. Y por eso Adele lleva un delantal que dice *Feliz Alcidad*.

—No puedo creer que en serio te hayas puesto eso, —murmuro. Mi lobo estaría enojado de que Adele se ponga un regalo de otro miembro de mi manada, pero como la he reclamado, se ha calmado bastante.

—¿Qué? Me gusta. —Ella me da la espalda y pone una cuchara de madera en la olla burbujeante. Sopla la salsa roja para enfriarla y la prueba—. Necesita azúcar. —Empieza a irse a buscarla y la traigo cerca.

Toco el costado de mi boca.

—Tienes un poquito de salsa en el rostro.

—¿En serio? —ella frunce la nariz.

—No, —le digo y la beso.

—Mmm. —Se retuerce en mis brazos—. Sigo enojada contigo, —me susurra contra los labios.

—¿Sí?

—Si compraste el edificio eso significa que eres el propietario. Pensé que habíamos terminado con toda la lucha de mierda de poder entre jefe/empleada.

—¿Quieres que lo hayamos terminado? Porque firmaré los papeles para darte el edificio aquí y ahora. —Hago un gesto en dirección a mi oficina.

Ella abre bien los ojos.

—O... —paso una mano por su cintura y la giro para que mire la pileta mientras presiono contra su espalda—. Podríamos seguir jugando el juego. —Paso la mano debajo de la cintura elástica de su falda y mis dedos encuentran satén y encaje—. Nuestras inspecciones cuatrimestrales podrían ponerse muy interesantes.

—Rafe, aquí no, —se queja, pero su voz está entrecortada. Un par de caricias suaves y su parte resbaladiza empapa mis dedos.

—En mi oficina, —le ordeno, como si fuera una empleada a punto de ser retada. Saco los dedos y sonrío de forma burlona.

Ella baja la hornalla, arroja su cabello oscuro hacia atrás y pasa a mi lado, siguiendo el juego.

Definitivamente hay cierta arrogancia en mi caminar

cuando la sigo. Cierro la puerta detrás de mí, luego paso el antebrazo por encima del escritorio y lo vacío de todos sus contenidos.

—¡Rafe! —Adele toma mi portátil antes de que golpee con el piso—. Estás loco.

—Loco por ti, princesa. —La tomo de la cintura y la acomodo sobre el escritorio—. ¿Qué llevas puesto hoy debajo de ese lindo vestido? —Levanto el dobladillo hacia arriba y deslizo las manos por sus muslos. Llego al portaligas y mi pene sale disparado hacia afuera, dolorosamente comprimido en mis pantalones.

—Espera, jefe. —Ella desabrocha el botón de mis pantalones militares—. Puede que tenga una pequeña fantasía con *chupársela al jefe*.

Gruño y la ayudo con mi cremallera, lo que libera mi erección.

Ella se baja del escritorio y me sostiene la mirada mientras se pone de rodillas.

Gruño cuando toma la base de mi miembro y lo lleva a sus labios. Ella pasa la lengua por encima de mi abertura supurante, y gime.

Tomo su cabello en un puño, luego lo liberto y masajeo su cuero cabelludo, luego tiro de él otra vez mientras separa los labios y toma mi largo en su boca.

—Mierda, sí, bebé. Eso es tan ardiente.

—Señor, quería hablarle sobre un aumento, —dice actuando-jugando mientras mueve las pestañas al soltar mi miembro.

Tomo su cabello con fuerza otra vez y empujo mi miembro entre sus labios.

—Veamos cómo te va en tu próxima evaluación de desempeño. Mi voz es grava pura.

Ella me lleva más profundo hacia la parte de atrás de su

garganta, usando la lengua para hacer espirales en la parte de abajo cada vez que sale.

Rujo y gruño, mi respiración rápida e irregular.

Ella me masajea las bolas y tuerce la mano alrededor de la base de mi pene. Ahora voy a acabar en cualquier momento. Es demasiado bueno. Pero necesito quitarla. Y la olla sigue en la cocina.

—Basta, —digo entre dientes con ese tono mandón que le encanta odiar—. Te necesito en mi escritorio. Ahora.

Ella se ríe y sale de mi pene; me deja levantarla y ponerla en el escritorio. La empujo hacia atrás con movimientos temblorosos y urgentes. Le arranco las bragas por las piernas. Mi boca hambrienta llega a su centro. Estoy demasiado emocionado como para ser sutil, pero succiono con una urgencia que hace que sus muslos presionen mis orejas y que sus uñas marquen mis hombros.

Sus ojos se ponen en blanco en mi cabeza con el place que me provoca, pero ella me empuja.

—Dame ese pene grande y mandón.

—Ah, te lo daré. —Pongo un brazo detrás de su cadera y la llevo justo al borde del escritorio, alineo mi miembro con su entrada. En un empujón, estoy dentro de ella, moviéndome de una forma que se siente vital. Necesaria.

La he reclamado, pero sigue sin ser suficiente. Es tan perfecta. Mi para siempre. Mi destino. Mi todo. Se sigue sintiendo como un milagro.

El escritorio se desliza por el piso mientras me muevo contra ella, pero la mantengo sostenida por mi brazo, protegida, como siempre. Su cabeza se va hacia atrás, ojos cerrados. Sus labios se separan para los gritos desesperados que salen de su boca.

Llegamos juntos al orgasmo, mis labios sobre su garganta, sus piernas detrás de mi espalda.

—Te amo, Rafe.

—Lo sé, bebé. Salgo despacio y tomo un par de pañuelos para limpiarla.

Ella me pega en el hombro.

—Yo también te amo, —agrego mientras busco sus bragas de seda y la ayudo a volver a ponérselas—. Te necesito. Y tú me necesitas a mí. Nos necesitamos. —Acomodo su ropa y luego la mía.

Ella me envuelve la cintura con los brazos y coloca su cabeza sobre mi pecho.

—Dejaste tu venganza por mí.

—No fue tan así, —me alejo.

—Rafe, ¿qué sucede? ¿Pasa algo malo? —Ella traga saliva—. ¿Es acerca de Dieter?

—No. No hay rastros de él. No sabemos dónde está, pero vendió la mansión, así que no creo que se quede por aquí o venga a buscarnos.

Ella suspira.

—Entonces estaba diciendo la verdad cuando dijo que renunciaba a todos los derechos hacia mí.

—Eso parece. Maldito arrogante. Sigue ahí afuera. Pero ha cumplido su palabra y me dejó traer a Adele de regreso.

Y luego nos envió un paquete informativo: la segunda parte del archivo que dejó en el incendio del cartel. Los nombres y fotos de los hombres que se llevaron a mis padres, más una lista de fechas. Lance y yo hicimos que Kylie las revisara y resulta que todos esos hombres fueron parte de Data X. Las fechas en el archivo de Dieter... ¿las fechas de sus muertes?

Se lo cuento a Adele.

—¿Qué es Data X? —pregunta.

Una operación ahora extinta que secuestraba transformistas. Data X ya no existe, pero estuvieron detrás del ataque. Los hombres que vinieron por mi familia nos querían a Lance y a mí. Nuestros padres murieron por nosotros.

—Lo siento tanto, bebé.

—Está bien. Lo hemos estado lamentando por años ya. Décadas. Y ahora es momento de algún cierre.

Data X ha estado cerrado por un largo tiempo, fue destruido por transformistas liderados por un león valiente, Nash Armstrong.

Lo hecho hecho está. Es hora de que empiece una vida nueva y una nueva familia.

Conoceré a la familia de Adele en Mardi Gras y si todo sale bien, le propondré casamiento el día de San Valentín. En un par de años, ¿quién sabe? Si Adele quiere, le daremos unos primos al cachorro de Lance.

Inclino la cabeza y rozo los labios de Adele. Ella se pone de puntas de pie y se entrega a mí. Sus besos son un bálsamo.

Un sonido de campana me hace abrir la puerta para ver pasar a Channing. Tiene un sombrero de elfo en la cabeza y unas ridículas pantuflas rojas con campanas en la punta. A las chicas les parece adorable, pero las campanas son bien detestables. En cualquier momento Deke tirará a Channing al suelo y destruirá sus pantuflas.

—Ey, Sargento, no para de sonarte el celular. Lo dejaste en la oficina. Pensé que querrías saberlo. —Él me lo pasa y hay una llamada perdida en la pantalla, el Coronel Johnson.

—Atiéndelo. Tengo que revisar el jamón, —dice Adele.

Beso su mejilla y veo sus curvas alejarse antes de volver a mi oficina.

El coronel responde en el primer llamado.

—Hola, hijo. Felices fiestas, —vocifera.

—Lo mismo para usted, señor.

—Odio tener que interrumpir las celebraciones, pero tengo noticias sobre Dieter.

Me pongo tenso y me alejo de la puerta abierta.

—¿Ha regresado a Taos?

—Nop, lejos de eso. Vendió su casa en Taos. Definitivamente no está en la ciudad. Pero su comportamiento me hizo pensar.

—¿Se refiere a sus malditos juegos retorcidos? ¿Ese comportamiento?

—Exacto. No entendía lo que estaba haciendo, pero me hizo mirar a lo que sí sabemos: es adinerado. Solitario. Tiene un ejército privado. Colecciona tesoros.

—No te olvides de que *juega con sus enemigos*, —añado en un tono amargo.

—Exacto. Además, tiene información interna acerca de parejas y transformistas.

—¿Qué está diciendo, señor? ¿Dieter es transformista?

—Todo apunta a que lo es. La pregunta es, ¿de qué tipo? Pero luego está esa última información que me diste. Estuvo en Utah, justo antes de que lo desafiaras como lobo. Me contaste acerca de sus ojos. El color dorado. Las pupilas verticales. Podría ser un transformista gato, pero el resto no cuadra. Sólo hay una criatura que tiene sentido.

—Mierda, —respiro, entendiéndolo justo cuando el Coronel Johnson dice, —Creo saber lo que es Dieter...

Epílogo

T*abitha*

—Vamos, vamos, —persuado a mi anciano autobús VW por el camino inclinado de montaña. Rebota sobre los caminos de tierra y roca no pavimentados.

Veo por enésima vez mi teléfono, pero sigue sin tener señal. Por suerte imprimí las direcciones a la feria estatal. Quien fuera que construyó su mansión aquí fuera de las montañas de la Sangre de Cristo es ridículo, pero no son los primeros ricos que quieren privacidad.

Finalmente, mi autobús lleva a la cima del camino y hay un claro liso y vacío. Lo rodeo de a poco, pero es el final del camino. ¿Qué carajo? Estoy en el medio de la nada.

Miro mis direcciones. Supongo que me desvié mal en algún lugar. Si estoy en la dirección correcta, no hay nada más que un claro.

Y ahí se va lo de la feria estatal. Fue una invitación privada en una de las aplicaciones que sigo, pero la busqué y parecía legítima. Había fotos dignas de babosearse de joyería antigua, granate y ágata y turquesas, que databan de

211

los Sultanes Otomanos, verificados por una empresa de subasta y todo. Ya tenía un comprador reservado para unos de los broches.

Oh bueno. Mi servicio de mapa tenía una vista satelital de una sofisticada casa Tudor en esta ubicación. A menos que ese arbusto esconda una mansión, la vista satelital se equivocó.

Salgo del auto para estirar las piernas. He estado conduciendo por horas, y lo último que vi con vida fueron unos buitres comiéndose algo muerto en el camino unos treinta kilómetros atrás.

Mi autobús rosa está lleno de tierra roja. Me sacudo la falda y doy un par de zancadas por el claro. Un par de poses de yoga más para estirar la espalda baja y volveré al camino. Tengo el combustible suficiente para regresar a la carretera y a la estación de servicio.

Estoy estirando los brazos por encima de la cabeza cuando se me pone la piel de gallina. Estoy sola aquí, pero mis instintos se están enloqueciendo y me dicen que hay alguien más en este lugar. ¿Pero dónde?

Giro lento en un círculo. Una sombra grande se asoma por encima del desierto y se dirige hacia mí. Debe ser un avión o algo pero cuando miro hacia arriba no veo nada. *Qué extraño.*

El viento sopla con más fuerza y arroja arenilla en mi rostro. Me cubro los ojos, pero es como si alguien hubiera encendido un gran ventilador encima de mí. Mi cabello se va hacia atrás por la correntada repentina, y mi falda de campesina se pega a mis piernas.

La sombra casi me ha alcanzado. Por un momento, parecen un par de alas abiertas. Y luego una forma enorme se desliza por encima de mí y me tapa el sol...

· · ·

Próximas publicaciones: ***El fuego del alfa***: **protagonizado por Tabitha y Gabriel Dieter**

Libro Gratis - La virgin y el vampiro

Quiere un libro gratis de Renee Rose y Lee Savino? Suscríbete a su newsletter para recibir *La virgin y el vampiro* y otro contenido especialmente bonificado y noticias de nuevos. https://BookHip.com/XJPQQXK

Libro Gratis de Renee Rose

Quiere un libro gratis de Renee Rose? Suscríbete a mi newsletter para recibir ***Padre de la mafia*** y otro contenido especialmente bonificado y noticias de nuevos. https:// BookHip.com/NCVKLK

¿Quieres más? El fuego del alfa

El fuego del Alfa

He esperado por un siglo a mi pareja. Si me rechaza, prenderé fuego el mundo.

Ella despertó al dragón.

Cada doncella sueña con ser rescatada por un príncipe apuesto de las garras de un dragón mortal. Pero soy tanto el príncipe como el dragón.

Los antiguos rituales de cortejo demandaban que me robara a mi novia. Que la aprisionara en mi torre alta. Que le mostrara mis tesoros, mis vastas tierras y ejércitos.

He hecho todo eso y sin embargo me rechaza. Dice que no puede verse con un hombre que todavía piensa que Estambul es Constantinopla.

Debo conquistarla, pero no sé cómo. Pero debajo de mi corazón humano que late, duerme un dragón. Y cuando se despierta, nadie puede evitar que destruya el mundo.

Nadie más que *ella*.

El fuego del Alfa

Otros Libros de Renee Rose

Vegas Clandestina

Rey de diamantes

Padre de la mafia

Sota de picas

As de corazones

El comodín del Loco

Su reina de tréboles

La mano del muerto

El comodín

Rancho Wolf

Áspero

Salvaje

Feroz

Rudo

Indomable

Implacable

Dos Marcas

Rebelde - GRATIS

Tentada

Deseada

Seducida

Alfas peligrosos

La tentación del alfa

El peligro del alfa

El premio del alfa

El reto del alfa

La obsesión del alfa

El deseo del alfa

La Guerra del alfa

La Misión del alfa

El tormento del alfa

El secreto de alfa

La presa del alfa

La sangre del alfa

El sol del alfa

La luna del alfa

El juramento del alfa

La venganza del alfa

Hombres lobo de Wall Street

Un Gran Jefe Malvado: Medianoche

Un Gran Jefe Malvado: Lunático

Alfa de Montaña

Héroe

Rebelde

Guerrero

Otros libros de Lee Savino

Saga Guerreros Berserker

Vendida a los Berserker

Emparejada con los Berserker

Raptada por los Berserker

Entregada a los Berserker

Reclamada a los Berserker

Alfas Peligrosos

La tentación del alfa

El peligro del alfa

El premio del alfa

El reto del alfa

La obsesión del alfa

El deseo del alfa

La Guerra del alfa

La Misión del alfa

El tormento del alfa

El secreto de alfa

La presa del alfa

La sangre del alfa

El sol del alfa

La luna del alfa

El juramento del alfa

La venganza del alfa

La virgen y el vampiro

Acerca de Renee Rose

¡RENEE ROSE ES DE LAS MEJOR VENDIDAS EN USA TODAY y le gusta un héroe alfa dominante y que hable sucio! Ha vendido más de medio millón de copias de romances apasionados con diferentes niveles de fetiches. Sus libros han aparecido en *Happily Ever After* de USA Today y en *Popsugar*. Nombrada como la Próxima mejor autora erótica de Eroticon USA en 2013, también ha ganado el título de Autora favorita de ciencia ficción y antologías de *Spunky and Sassy,* el Mejor romance histórico de *The Romance Reviews,* y ha llegado a la lista de USA Today diez veces con sus series de Alfas peligrosos, La Bratva de Chicago y Rancho de lobos.

¡A Renee le encanta conectarse con sus lectores!
www.reneeroseromance.com
reneeroseauthor@gmail.com

**Suscríbete a mi newsletter para recibir contenido especialmente bonificado y noticias de nuevos lanzamientos en Español.
https://www.subscribepage.com/reneerose_es

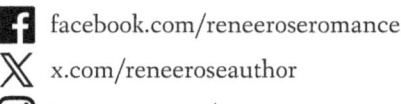

facebook.com/reneeroseromance
x.com/reneeroseauthor
instagram.com/reneeroseromance

Acerca de Lee Savino

Lee Savino es una de las autoras más vendidas de USA Today, autora, mamá y adicta al chocolate.

Advertencia: No leas su serie Berserker o te volverás adicto a sus guerreros enormes y dominantes que no se detendrán ante nada para reclamar a sus parejas.

Repito: No. Leas. Su. Saga Berserker.

Descarga un libro gratuito de Lee Savino de www.leesa vino.com (tampoco lo leas. Demasiado amor ardiente y sensual).

Puedes conectar con ella en su sitio web, su grupo de lectores, y sus redes sociales.